Pia Recht

Der Herzschlag Connemaras

Kastanienrot

Die Deutsche Nationalbibliothek verzeichnet diese Publikation in der Deutschen Nationalbibliographie. Detaillierte bibliographische Daten sind im Internet über http://www.dnb.de abrufbar.

Pia Recht
"Der Herzschlag Connemaras: Kastanienrot"
Teil 1 der Connemara-Trilogie

Deutsche Erstveröffentlichung
1. Auflage 2015

Lektorat & Satz: KopfKino-Verlag
Covergestaltung: coverandbooks / Rica Aitzetmüller
Umschlagmotiv: © D. Sharon Pruitt, „Make a wish“
Some rights reserved. Quelle: www.piqs.de

KopfKino-Verlag
Thomas Dellenbusch
Gluckstr. 10
D-40724 Hilden

ISBN: 978-3-9816987-1-8

www.MeinKopfKino.de

PIA RECHT

Der Herzschlag Connemaras

Kastanienrot

ROMANCE

Über KopfKino:

KopfKino, das sind berührende, nachdenkliche oder auch spannende Geschichten in **Spielfilmlänge**. Ihre ungefähre Lesezeit liegt zwischen 60 und 180 Minuten.

Sie eignen sich daher wunderbar für all die vielen kleinen zeitlichen Zwischenräume, die das Leben hat: für die Reisezeit in Bahn, Bus, Auto oder Flugzeug, für die Stunden in Wartezimmern, für den Nachmittag im Freibad oder am Strand, vor dem Schlafengehen oder einfach so für zwischendurch, um circa zwei Stunden unterhaltsam zu füllen.
Da ihre Lesezeit ungefähr der Länge eines Spielfilms entspricht, eignen sie sich auch hervorragend, um sie sich gegenseitig vorzulesen und den Fernseher einmal ausgeschaltet zu lassen. Lassen Sie sich von Fernseher und Leinwand nicht das ganze Vergnügen abnehmen.
Genießen Sie Ihren eigenen Film auf der größten Kinoleinwand der Welt: Ihrer Fantasie!

Jede Erzählung ist als eBook und als Hörbuch erhältlich, viele auch als Taschenbuch.

Informieren Sie sich regelmäßig auf
MeinKopfKino.de
über Neuerscheinungen, die Autoren, Termine für Lesungen, Hintergründe, oder laden Sie sich einzelne Geschichten als eBook oder Hörbuch herunter.

1

John Palfrey stand am Dubliner Flughafen vor der Passkontrolle und brütete finster in sich hinein. Am liebsten wäre es ihm gewesen, wenn der Beamte mit dem rasierten Schädel seine Einreise untersagt hätte. Aus welchen Gründen auch immer. John wollte weder nach Dublin noch nach Connemara, dem eigentlichen Ziel seiner Dienstreise. Aber er hatte kein Glück. Er wurde durchgewunken und folgte den Schildern zu seinem Anschlussflug, um dann festzustellen, dass dieser zwei Stunden Verspätung hatte.

Vor einer Woche hatte er in London bei der wöchentlichen Sitzung der Projektmanager erfahren, dass und warum sie ihn nach Irland schickten. In das Land, von dem er wenig wusste, außer, dass es nebenan lag und seine Einwohner ständig soffen und sich prügelten.

John Palfrey liebte seinen Bürojob. Er genoss die festen Arbeitszeiten, hatte auf seinem Schreibtisch, der immer ordentlich war, einen Topf mit einer Grünlilie, die er jeden Freitag kurz vor Feierabend goss. Genau genommen war diese Lilie sein einziger Bezugspunkt zur Natur. Er mochte alles, was nach Verlässlichkeit und Regelmäßigkeit aussah. Akten beschwerten sich nicht. Zahlen und Rechnungen waren entweder falsch oder richtig. In seiner Freizeit versuchte er, sich fit zu halten. Oft blieb es jedoch bei dem Versuch. Er fand, dass er in seinem Jogginganzug verkleidet aussah, nicht wie ein Sportler. Zwar war er schlank und groß, aber immer etwas ungelenk. Lieber saß er vor seinem Laptop. Eines seiner Projekte waren die Letterfrack-Ponys.

»John«, sagte Gordon Ramson, sein Vorgesetzter, nach der wöchentlichen Besprechung und nahm ihn ein Stück zur Seite, während die Kollegen den Konferenzraum verließen. »auf ein Wort?«

John blieb neben seinem Boss stehen und überprüfte den Sitz seiner Krawatte. Es kam sehr selten vor, dass Gordon ein persönliches Wort mit ihm wechselte, ja dass er ihn überhaupt wahrnahm. John rechnete daher mit dem Schlimmsten und setzte ein verlegenes Lächeln auf, als Gordon ihn zum Tisch hinüberschob.

»Setzen Sie sich, John. Sie betreuen doch die Ponys.«

John winkte ab, so als wolle er ausdrücken, dass es nicht der Rede wert sei.

»Bei der Jahresbeurteilung haben Sie angegeben, dass Sie gerne tieferen Einblick in ihre Projekte hätten. Diese Gelegenheit ergibt sich nun. Sie machen einen Auditbesuch.«

Ein Audit war nicht das, was John in der Jahresbeurteilung gemeint hatte, aber er lächelte und bedankte sich. Was er wollte, war mehr Verantwortung übernehmen zu dürfen. Er war mißverstanden worden, so dass man ihm jetzt einen Besuch vor Ort aufs Auge drückte. Dort würde er die Bücher überprüfen, musste jeden noch so kleinen Fehler finden und einen ausführlichen Bericht schreiben. Das nahm womöglich einen ganzen Tag in Anspruch. Wenn er Pech hatte, sogar länger. In Dublin wartete er auf seinen Anschlussflug nach Knock, war ungeduldig und vertrieb sich die Zeit mit seinem Laptop. Um ihn herum saßen Iren in legerer Kleidung, die in Zeitungen blätterten oder sich unterhielten, Touristen mit bunten Rucksäcken ließen sich lautstark darüber aus, was sie sich alles ansehen würden. John Palfrey hätte sich am liebsten die Daumen in die Ohren gestopft.

Endlich rief eine uniformierte Dame zum Boarding auf, und John war einer der Ersten in der Reihe.

Die Maschine war winzig, stand verloren auf dem Rollfeld zwischen den großen Flugzeugen, und es nahm die zwanzig Passagiere über eine wackelige Gangway auf. Nicht einmal eine Stunde würde der Flug dauern, und dafür hatte er gefühlte zwei Tage am Flughafen gesessen.

Das Frühlingswetter in Dublin war noch freundlich gewesen, aber der Kapitän informierte sie darüber, dass das Wetter in Knock nicht so gut wäre. Nichts anderes hatte John erwartet. Er hielt sehr konzentriert seine Augen geschlossen. Er dachte an das bevorstehende Audit. Wie würde sein Besuch ankommen? Mit den Leuten dort zu mailen, war das eine, ihnen persönlich über die Schulter zu schauen etwas ganz anderes.

Die Maschine sackte in ein Luftloch, und der Frau neben ihm entwich ein »Huch!«. John öffnete die

Augen und warf ihr einen kurzen, prüfenden Blick zu. Zurück nehme ich den Zug, dachte er. Egal, was seine Sekretärin über die Züge in Irland gesagt hatte. Dass er stundenlang neben komischen Leuten sitzen würde, die ihrerseits Hühner auf dem Schoß transportierten.

Der Flieger durchbrach im Sinkflug die graue Wolkendecke, und John konnte einen ersten Blick auf die Landschaft unter sich werfen. Die Hügel waren kahl, ragten aus sattgrünen Ebenen heraus, die ihrerseits in kleine eckige Parzellen unterteilt waren. In diesen wiederum waren kleine Häuser auszumachen, wie hineingewürfelt, verbunden über schmale Straßen.

Der Flughafen von Knock hatte nur eine Start- und Landebahn und ein einzelnes einstöckiges Gebäude.

Zurück würde er den Zug ausprobieren.

In dem Gebäude gab es nicht einmal ein Gepäckband. Ein junger Mann trug ganz gemächlich Koffer und Taschen aus dem Frachtraum auf einen Rollwagen und zog diesen in das Gebäude. Dort ließ er die Koffer über den Boden auf die darauf wartenden Passagiere schlittern. Niemand beschwerte sich darüber. Man griff nach den Koffern und verschwand. Nach wenigen Minuten war John der Letzte in der Halle. Er wartete auf sein vorbestelltes Taxi.

War die Reservierung wegen der Verspätung in Dublin geplatzt? John wählte die Mobilnummer des Taxiunternehmers. Es meldete sich nur die Mailbox.

»Verdammt«, flüsterte er. Er hasste dieses Land jetzt schon. An dem einzigen Kundenschalter, den es gab, saß der junge Gepäckschubser und sah freundlich auf, als John auf ihn zukam und ihn ansprach.

»Ich habe ein Taxi vorbestellt, aber es scheint nicht auf mich gewartet zu haben.«

»Das tut mir leid, Sir.«

»Kann ich bei Ihnen einen Mietwagen bekommen?« Dabei deutete er auf das Logo einer Autovermietung.

»Tut mir leid, wir haben keinen mehr.«

Langsam nahm John seine Brille ab, wischte an den Gläsern herum und setzte sie wieder auf.

»Ist gerade Hochsaison, dass alle vermietet sind?«

»Die sind immer vorbestellt, Sir. Aber wenn Sie ein Taxi gebucht haben, wird es auch kommen. Wo müssen Sie denn hin?«

»Nach Letterfrack. Das Hotel dort wollte mir eins schicken.«

Der junge Mann strahlte ihn an.

»Dann kommt es mit Sicherheit. Rufen Sie einfach in dem Hotel an und fragen Sie noch einmal nach.«

John nahm sein Gepäck, setzte sich auf die abgewetzte Plastikbank am Fenster und wartete erneut, gestrandet im Niemandsland.

Nach dreißig Minuten des untätigen Wartens hielt endlich ein Auto auf dem Parkplatz vor dem Gebäude, ein ziemlich heruntergekommener Volkswagen. Draußen ging inzwischen die Welt unter, es regnete in Strömen, scharfe Windböen schlugen die Tropfen gegen die Scheiben. Durch die Schlieren hindurch sah John eine Person aus dem Wagen steigen und auf den Eingang zulaufen. Sie war ganz in einen großen Regenmantel gehüllt. Die Türen öffneten sich, ließen einen feinen Sprühregen herein, und die Gestalt in dem Regenmantel rief mit heller Stimme: »John Palfrey?«

John erhob sich, nahm sein Gepäck und nickte dem Fahrer entgegen. »Auf geht's!«, rief der Fahrer munter. »Wir sind spät dran.«

»Was Sie nicht sagen.«

Im Fußraum dieses Möchtegern-Taxis lagen ein Taschenbuch und eine zerfledderte Irish Times, auf der Konsole entdeckte John leere Kaffeebecher. Der Fahrer hatte noch immer die Kapuze der Regenjacke tief im Gesicht. Er startete den Motor und ließ den Wagen losrollen.

»Haben Sie eine Lizenz für den Personentransport?«, wollte John wissen.

»Machen Sie Witze?« Der Fahrer schlug die Kapuze zurück. »Wer braucht hier schon eine Lizenz?«

Unter der Kapuze kam das runde und äußerst attraktive Gesicht einer Frau Anfang dreißig zum Vorschein. Sie lächelte ihn mit blitzenden, braunen Augen an und warf ihr lockiges, kastanienrotes Haar in den Nacken.

»Bei dem Wetter sehe ich immer aus wie ein Pudel.«

Mit beiden Händen fuhr sie sich durch das Haar, während der Wagen weiterfuhr.

»Ich bin Siobhan Keating. Nett, Sie kennenzulernen.«

»Gleichfalls«, sagte John, dessen Ton schon deutlich freundlicher war, als er es beabsichtigt hatte. Er dachte: *Was für ein kastanienrotes Feuer. Von wegen Pudel...*

»Dann wollen wir mal los.«

Schon nach den ersten hundert Metern tastete John Palfrey hastig nach dem Sicherheitsgurt und schnallte sich an. Siobhan fuhr, als sei der Teufel hinter ihr her.

Die Straße war einspurig und schlecht asphaltiert. Flankiert wurde sie von beiden Seiten von hohen Dornengebüschen und Hecken, die nur ab und zu durch kleine Lücken einen Blick auf die Landschaft erlaubten. Zwischendurch ließ der Regen etwas nach. Die Scheibenwischer quietschten über das Glas, und John betete, es möge ihnen kein Wagen entgegenkommen. Siobhan aß ganz gelassen Cashewkerne aus einer Tüte, die sie sich zwischen die Oberschenkel geklemmt hatte und flötete gut gelaunt irgendeine Melodie vor sich hin. »Shuwaan?«, sagte John etwas nervös, denn er versuchte, ihren Namen so korrekt wie möglich auszusprechen.

»Ich habe es nicht eilig.«

Seine Hände verkrampften sich an den Seiten des Sitzpolsters und er hoffte, dass sie es nicht bemerkte.

»Ich auch nicht«, rief sie. »Da vorne beginnt das Torfmoor, sehen Sie?«

Unbeeindruckt setzte sie ihre wilde Fahrt fort, Cashewkerne kauend und mit sich und ihrer Welt im Einklang. Der Regen hörte endlich auf, und die Sonne brach zaghaft durch die Wolken. Ihr Licht zauberte leuchtend grüne Flecken auf die Weiden, die sich bis zu den fernen Hügeln am Horizont hinzogen. Nur wenige Zäune aus Holz begrenzten die Weiden. In dieser Gegend Irlands wurden noch immer Trockenmauern aus losen Steinen errichtet. Diese wurden so geschickt aufgeschichtet, dass sie Jahrzehnte überstanden. John starrte aus dem Fenster, ein wenig verwundert darüber, wie sich diese Gegend mit ein wenig Licht positiv veränderte. Sie bogen auf eine zweispurige Straße ab. Straßenschilder, beschriftet sowohl in Englisch als auch in Gälisch, flogen an ihnen vorbei.

»Ich arbeite auf der Farm meiner Eltern«, sagte Siobhan. »Ich biete Reiterferien an und hole für gewöhnlich die Gäste vom Flughafen ab, wenn sie ohne eigenes Auto kommen.«

John lächelte höflich und war insgeheim dankbar, dass er nicht mit Reit-Touristen im Flieger gewesen war, die sich womöglich die ganze Zeit über Gäule unterhielten.

»Haben Sie mal über einen geführten Wanderritt nachgedacht, John?«

»Ich hab es nicht wirklich mit Pferden«, erwiderte er und brachte Siobhan damit zum Lachen. Ihr Lachen war von einer ansteckenden und übersprudelnden Art, von einer tiefen, erquickenden Lebendigkeit.

»Sie sind doch wegen der Ponys hier«, sagte sie. »Deccy hat mir erzählt, dass Sie heute kommen.«

»Wer ist Dicky?«

»Deccy. Declan Callahan. Ihr Mann vor Ort.«

2

Das Hotel in Letterfrack verfügte über ganze zehn Zimmer. Von außen machte es einen ordentlichen Eindruck. Die Natursteinfassade des einstöckigen Gebäudes und das rot gedeckte Satteldach, die weißen Sprossenfenster und der gepflegte Vorgarten ließen darauf schließen, dass das einzige Hotel am Ort auch nicht das Schlechteste war.

Siobhan setzte ihn ab, reichte ihm seine Quittung und auch eine ihrer Visitenkarten.

»Falls Sie ein Taxi brauchen, rufen Sie mich an«, sagte sie. Sie winkte der Frau entgegen, die gerade aus dem Hotel trat und fuhr davon.

»Willkommen!«, rief die Dame John entgegen und hielt ihm die Tür zur Rezeption auf. John trug seinen Koffer hinein. Ihm war nicht entgangen, dass sie die quietschende Tür mit sanfter Gewalt hatte öffnen müssen, und im Inneren schlug ihm ein feuchter, leicht modriger Geruch entgegen. Daran war hoffentlich nur das Wetter schuld. Dieses Problem alter Häuser kannte John vom Haus seiner Eltern. Das Interieur des Hotels erschlug einen in einer Fülle aus rotem Samt, dicken dunklen Teppichen und geblümten, aber verblichenen Tapeten.

»Siobhan hat mir gesagt, dass Sie sich verspäten werden, Mr. Palfrey. So ein schlechtes Wetter hatten wir schon seit Jahren nicht mehr.«

Sie verschwand hinter die Empfangstheke, schob ihm

ein Anmeldeformular und einen Kugelschreiber entgegen. Auf der Theke standen eine bauchige, bunt bemalte Vase mit Plastiktulpen und ein Pappaufsteller mit Broschüren der hiesigen Sehenswürdigkeiten.

John füllte das Formular aus und sehnte sich danach, endlich die Kleidung zu wechseln und die Füße hochzulegen.

»Sie haben ein Doppelzimmer mit Bad, direkt hier den Gang hinunter«, sie deutete nach links durch eine Glastür, »WLAN und Frühstück inklusive.«

Sie sprach in einem weichen irischen Englisch, und obwohl sie ausgesprochen freundlich und aufmerksam war, fand John es sehr unpassend, dass sie in ihrem reiferen Alter und in ihrer Position so wenig auf ihr Äußeres achtete. Sie trug einen langen karierten Rock, darüber einen rustikalen Wollpullover und eine Halskette im Stile der Siebziger. Diese Kleidung war ebenso unpassend wie die groben Stiefel, die unter dem Rock hervorschauten. Das gehörte in ein Bed and Breakfast, aber nicht in ein Hotel, egal, wie klein es sein mochte.

Die Frau hatte sich als Martha Murphy vorgestellt. Sie sei die Managerin des »Village Inn«.

Eine Managerin in Wanderschuhen.

John Palfrey nahm seinen Schlüssel entgegen.

»Frühstück bitte um neun Uhr«, sagte er. Er sei mit einem Full Irish Breakfast einverstanden, erwiderte er auf ihre diesbezügliche Frage. Normalerweise trank er morgens nur einen Kaffee auf dem Weg ins Büro und freute sich über diese kleine Abwechslung. Im Flur zu seinem Zimmer versperrte ihm ein Pärchen mit ihren Rucksäcken den Weg, sie drückten sich an ihm vorbei und murmelten eine Entschuldigung in gebrochenem Englisch. Rucksacktouristen, dachte John abfällig, und die sind auch noch freiwillig hier.

Er hatte kaum sein Hotelzimmer aufgeschlossen, als Martha Murphy am Ende des Flurs erschien und noch einmal nach ihm rief.

»Deccy wird Sie morgen um zehn Uhr abholen. Aber machen Sie sich keine Gedanken, wenn es ein paar Minuten später wird.«

John verdrehte die Augen.

»Aber er ruft immer an, wenn er sich verspätet.«

Als er nach einer schnellen Dusche dann frisch belebt in seine geliebte Freizeitkleidung stieg, fühlte er sich schon bedeutend besser. Skeptisch betrachtete er den feinen Anzug, den er mitgebracht hatte. Den trug er nur zu besonderen Anlässen und natürlich bei Treffen mit der Geschäftsführung. Noch in London schien es ihm eine gute Idee gewesen zu sein, ihn einzupacken. Aber hier erschien er ihm völlig fehl am Platz.

Er selbst im Übrigen auch, dachte er.

Alle Unterlagen, die er für dieses Audit benötigte, hatte er in seinem Laptop, und die wichtigsten Dinge hatte er sich ausgedruckt. Darunter waren auch Fotos, die ihm Declan Callahan im Laufe der Zeit geschickt hatte. Er kannte den Iren, der sich um die Ponys kümmerte, nur aus den E-mails und Berichten. Als er das Projekt übernommen hatte, war die Zuchtstation bereits etabliert gewesen. Die Fotos zeigten die Tiere, das Moor und die sumpfigen Weiden, die sich ohne Zäune und menschliche Gebäude bis in die Hügel und Berge erstreckten. Da Callahan die Fotos geschossen hatte, war er selbst auf keinem Bild zu sehen. Bei allem Missmut war John ein wenig neugierig, wie der Mann aussah, mit dem er schon lange korrespondierte.

Vermutlich ein Landei. Nie aus diesem Nest heraus gekommen und ständig in Gummistiefeln unterwegs.

Er überflog ein paar Emails. Auf dem Flur hörte er immer wieder Schritte, konnte den Unterhaltungen der anderen Gäste folgen und hoffte insgeheim, die Touristen würden nachts ebenfalls nur schlafen wollen. Nach etwa einer Stunde klopfte es an seiner Tür. Martha Murphy überraschte ihn mit einem Snack aus frischem Brot, Obst und einer kleinen Schüssel Eintopf.

»Ich dachte mir, Sie könnten jetzt eine kleine Stärkung gebrauchen«, sagte sie. »Im Pub auf der anderen Straßenseite bekommen Sie später auch etwas Ordentliches zu essen. Meine Schwester arbeitet dort in der Küche, sie ist berühmt für ihr Irish Stew.«

»Danke«, sagte John.

Ihr eigener Eintopf roch bereits verführerisch.

Martha Murphy lächelte. Sie wünschte ihm einen schönen Abend und kontrollierte noch einmal, ob sie eine Flasche Mineralwasser und die Tea Facility bereit gestellt hatte. Die Gäste liebten es, sich einen Tee oder

Instantkaffee auf den Zimmern zuzubereiten. Alle Zimmer waren mit einem kleinen Wasserkocher, Tassen, Teebeuteln und Kaffeetütchen ausgestattet.

John genoss das Stew, tunkte die Brotscheiben ein und wischte mit dem letzten Stück in der Schüssel herum, um nichts verkommen zu lassen. Das hatte nicht nur außerordentlich gut geschmeckt, sondern nach der Anreise auch gut getan. Dann sah er sich Letterfrack an.

Das Dorf erfüllte seine Erwartungen voll und ganz. Es gab trotz der kleinen Einwohnerzahl ganze zwei katholische Kirchen, eine Tankstelle und einen kleinen Supermarkt, der sich mit einem grünen Schild über der Tür auch als Poststation auswies. Allerdings hatte auch in Letterfrack die Moderne Einzug gehalten. Am Dorfrand, mitten auf der grünen Wiese, stand ein großer Tesco Supermarkt, der vierundzwanzig Stunden lang geöffnet hatte. Dort kaufte er kurzentschlossen ein Paar Gummistiefel und einen gefütterten Regenmantel.

Nach einer erfreulich erholsamen Nacht war John am Morgen fast gewillt, dieser Dienstreise endlich etwas Positives abzuringen. Er freute sich auf das Frühstück. Bedient wurde er von einer jungen und hektischen Frau, die sich als Muriel vorstellte und die Schwiegertochter des Hauses war. Sie gab sich Mühe, aber sie konnte sich bei drei Gästen nicht merken, wer Kaffee und wer Tee wollte und brachte das Falsche an den Tisch. Im großen Speiseraum, der ausgestattet war wie ein privates Wohnzimmer, saßen die Hotelgäste gemeinsam an einem großen ovalen Holztisch. Brot, Toast und Marmeladen waren bereitgestellt.

John orderte das komplette »Irish Breakfast« und bekam einen gut gefüllten Teller mit Würstchen, Speck, Eiern, »Black and White Pudding« und »Baked Beans«. Er bekam noch eine Kanne Kaffee serviert und speiste mit großem Appetit.

Nach dem Frühstück zog er sich um, packte seine Tasche und wartete in der Empfangshalle auf Declan. Mit den neuen Gummistiefeln, einer Jeans und einem dicken Sweater fühlte er sich gewappnet.

Declan kam nicht zu spät. Er war sogar eine viertel Stunde zu früh, marschierte mit einem Lächeln auf den wartenden John zu. Dieser legte die Tageszeitung beiseite und erhob sich mühsam aus dem tiefen Sessel. Sie standen sich gegenüber, musterten sich kurz, und für einen Moment schien es so, als seien sie nicht sicher, ob sie sich nun sympathisch waren oder nicht, der Ire und der Engländer. Callahan wusste, weshalb John Palfrey angereist war. Er würde sich nicht einfach nur einmal die Ponys ansehen und dann wieder abreisen. Er würde alle Unterlagen überprüfen und sicherstellen, dass das zur Verfügung gestellte Gebiet auch wirklich dem angegebenen Zustand entsprach. Deccy Callahan war eine freundliche Natur. Er streckte John die Hand entgegen und ignorierte einfach, dass der Mann skeptisch und verbissen aussah.

»Willkommen«, begrüßte er John.

Seine unkomplizierte Art, sein leicht verschmitztes Grinsen und der feste Händedruck ließen das Eis dann auch brechen.

»Schön, Sie endlich persönlich kennenzulernen«, sagte John, trat einen Schritt zurück und deutete auf seine Gummistiefel.

»Ich habe versucht, mich den hiesigen örtlichen Gegebenheiten anzupassen.« Er tat sein Bestes, sein Unbehagen wie Humor aussehen zu lassen.

»Perfekt«, grinste Deccy.

Er kümmerte sich seit Beginn des Projektes um die Ponys, und John hatte sich ihn immer als untersetzten älteren Bauern vorgestellt, aber Deccy war das genaue Gegenteil. Sie waren gleich groß, aber Deccy machte einen durchtrainierten Eindruck. Er trug eine dunkle Cordhose, darüber ein ausgewaschenes T-Shirt. Die grüne Wachsjacke, die seit den 90ern irgendwann aus der Mode gefallen war, trug er zusammengelegt über dem Arm. Er war einer jener Iren mit spanischem Einschlag, sehr dunkelhaarig und mit dunklen Augen. Aber seine Haut war hell, so als habe er in den letzten Jahren keine Sonne mehr gesehen. Ihn umgab eine Duftwolke aus verbranntem Torf und Pferdeschweiß, eine Mischung, die John überraschenderweise nicht unangenehm war. Herber Männerschweiß wäre schlimmer gewesen.

»Fahren wir los! Ich muss noch eine Büchersendung abholen. Es liegt auf dem Weg.«

John hob die Schultern in einer gutmütigen Geste

und sagte, das sei vollkommen in Ordnung.

Deccy fuhr einen alten, mit Dreck überzogenen Pajero, dessen Originalfarbe nur an jenen Stellen zu erkennen war, wo er die Motorhaube geöffnet hatte. Die Stoßdämpfer waren hinüber, und der ganze Wagen klapperte beunruhigend vor sich hin. Deccy hielt vor dem kleinen Supermarkt und stellte den Wagen direkt vor dem Eingang auf dem schmalen Fußweg ab. John begleitete ihn, weil er nicht allein in dem falsch geparkten Wagen sitzenbleiben wollte. Im Supermarkt unterhielt Deccy sich mit der Kassiererin und stellte John vor.

»Sie sind also hier, um bei den Ponys nach dem Rechten zu sehen«, begrüßte diese ihn.

Er bemühte sich um ein freundliches Gesicht, aber es gelang ihm nicht wirklich. Wem hatte Declan noch auf die Nase gebunden, dass er gekommen war, um das Projekt zu prüfen? An der kleinen Poststation im hinteren Bereich des Supermarkts holte Deccy die Sendung eines Onlinehändlers ab, die so groß war wie ein Schuhkarton. Er steckte es sich unter den Arm, nahm noch im Vorbeigehen ein paar Gemüsekonserven mit und bezahlte sie an der Kasse.

»Ich könnte sie auch in die Station liefern lassen«, verriet er, »aber ich nehme Seamus den Weg ab.«

John verstand. Seamus war wohl der Briefträger und zu faul, seinen Job zu machen, den, für den er bezahlt wurde. Vor dem Supermarkt wartete ein Garda bereits auf sie, stand neben dem eigentlich dunkelroten Pajero und wippte auf den Fußsohlen. Ganz hervorragend, dachte John, das habe ich vorausgesehen.

»Deccy!«, rief der Polizist, wischte mit dem Zeigefinger über die Autotür und hinterließ einen roten Streifen Autolack. »Die Karre braucht eine Wäsche.«

»Ich weiß«, antwortete Deccy, »ich warte auf den nächsten Regen.«

»Das hilft nicht, Sohn. Und du parkst schon wieder, als hättest du jeden Anstand vergessen.«

»Sorry, Dad.«

Deccy sagte das mit ehrlicher Scham, aber mit einem kleinen Lächeln. Er legte den Kopf schief und blieb abwartend neben dem Garda stehen. Der Mann war in Uniform, aber er trug Sneaker statt Lederschuhe. John war einige Schritte hinter Deccy stehengeblieben. Er wollte nicht im Wege sein bei der anstehenden Konfrontation zwischen Sünder und Gesetzeshüter. Zunächst mißinterpretierte er das »Sohn« und »Dad« als irisch lokale Eigenart. Dann aber sah er die Ähnlichkeit der beiden, und ihm ging ein Licht auf.

»Rory Callahan«, sagte der Garda und reichte John die Hand. »Wenn Deccy Probleme macht, kommen Sie einfach zu mir.«

John schüttelte ihm die Hand.

»Ich arbeite seit Jahren mit Declan zusammen. Ich erwarte keine Probleme.« Er erwartete sie wirklich nicht. Aber sie würden kommen.

Die beiden Männer stiegen ein und fuhren endlich los zur Station, die sich am Rande eines Moores befand.

Deccy klemmte das Paket zwischen zwei Futtersäcke und bemerkte Johns fragenden Blick. Er fragte sich bestimmt, ob und warum teures Pferdefutter an die Ponys verfüttert wurde, wenn es doch nirgends in den Abrechnungen auftauchte.

»Das Futter ist nicht für die Ponys«, erklärte Deccy.

»Die ernähren sich selbst. Ich muss die Säcke heute Abend bei der Reitschule vorbeibringen.«

Der Morgen war trocken und kühl. Der Wind pfiff ihnen in Böen um die Ohren. Man konnte das nahe gelegene Meer riechen. An kleinen Höfen und Weiden vorbei zeigte sich die Gegend mit ihren Torf- und Moorflächen sowie den Bergen von ihrer schönsten Seite. Die Sonne, die manchmal durch die Wolken brach, brachte das Land zum Leuchten. In den Stacheldrahtzäunen am Straßenrand hingen Strähnen von Schafswolle und Heubüschel.

Beim Frühstück hatte er von Touristen erfahren, dass er den Einheimischen keinen Glauben schenken solle, wenn diese behaupteten, das Wetter sei noch nie so schlecht gewesen wie in diesem Jahr. Das Wetter war nie besonders gut, aber man wolle die Touristen in der Hoffnung belassen, dass es im kommenden Jahr besser würde.

Deccy erklärte, dass er wegen des Audits ein wenig nervös sei, weil er nicht wusste, was ihn erwartete. Eine Überprüfung der Bücher und Abrechnungen konnte er verstehen, aber wie wolle der an seinen Schreibtisch gewohnte John Palfrey den Zustand der Ponys oder des

Moores beurteilen? John fühlte sich ein wenig auf den Schlips getreten und sagte:

»Ich habe eine Checkliste, die ich abarbeite.«

Woher wollte das Landei wissen, was er beurteilen konnte und was nicht?

»Ich arbeite seit fünf Jahren auf der Station«, meinte Deccy. »Ich hoffe, dass das Projekt weitergeführt wird und Sie nicht hier sind, um das Licht auszuschalten.«

»Die Budgetentscheidungen werden immer vor Weihnachten getroffen. Ich gehe nicht davon aus, dass sich etwas ändern wird.«

Deccy warf ihm kurz einen skeptischen Seitenblick zu, konzentrierte sich dann aber wieder auf die Straße. Plötzlich musste er scharf bremsen, weil ein Bauer seine Kühe über die Straße trieb. Deccy winkte, und der Bauer winkte freundlich zurück. Er schlenderte hinter seinen Kühen her, die bedächtig durch ein geöffnetes Gatter auf eine frische Weide wanderten.

Deccy und John warteten geduldig darauf, dass die Straße wieder frei wurde. Irgendwann fragte Deccy: »Und Ihr Bericht wird keine Auswirkungen auf das Budget haben? Oder auf meinen Job?«

Wo ist dein Problem, dachte John. Dann schubst du halt wieder Kühe über die Straße, wie du es vermutlich auch vorher gemacht hast.

»Sollte mein Bericht negativ ausfallen, reißen die Ihnen den Kopf ab«, sagte er und zeigte ein breites Grinsen, um seine Bemerkung zu entschärfen.

»Aber ich gehe nicht davon aus, dass ich etwas

Negatives finde. Keine Sorge, Sie werden sich nicht von Ihrem Job oder den Ponys verabschieden müssen.«

Die letzte Kuh verschwand mit sanft schwingendem Euter durch das Tor, das der Bauer hinter ihr mit einem Strick am Pfosten festband. Er winkte Callahan durch, zündete sich eine Zigarette an und betrachtete seine Tiere, die sich auf der sumpfigen Weide verteilten und nach den besten Gräsern suchten.

»Das Leben hier hat seinen eigenen Rhythmus«, bemerkte Deccy, als er wieder anfuhr.

»Wir hetzen uns nicht ab. Wundern Sie sich nicht, wenn Sie jeder darauf anspricht, warum Sie hier sind. Das ganze Dorf will, dass die Ponys bleiben.«

Nein, John Palfrey wunderte sich nicht.

Ich werde nie wieder so eine dämliche Bemerkung in meine Jahresbeurteilung schreiben, dachte er.

Die Straßenverhältnisse wurden sehr schlecht. Aus der schmalen Straße wurde ein Schotterweg, der mit Schlaglöchern übersät war. Rechts und links fehlten die Weidezäune. Schafe und Ziegen liefen frei herum und ließen sich nur sehr widerwillig aus dem Weg hupen. Sie passierten eine letzte Scheune mit einem alten Traktor davor, unter dem ein Bordercollie hervorgeschossen kam. John sah ihn auf den Wagen zuschießen und dann verschwinden. Deccy riss das Lenkrad nach rechts, fuhr ein Stück in die Wiese und kam dann auf die Straße zurück. »Ist er noch da?«, fragte er. John drehte sich um und sah den Hund hechelnd auf der Straße stehen.

»Wir haben ihn nicht erwischt«, sagte er.

»Das macht der ständig. Gerry sollte ihn anketten, aber er behauptet, dann bellt er die ganze Zeit.«

Aus dem Feldweg wurden zwei schmale Streifen blanker Boden, die sich durch dürres Gras zogen und vor der Station endeten.

»Da wären wir!«

Die Station lag in der unmittelbaren Umgebung der Moorlandschaft, die sich bis zu den fernen Hügeln erstreckte. Vor Johns Auge entfaltete sich ein weites Panorama aus sattgrünen Flächen, die von Rinnsalen und kleinen Bächen durchzogen waren. Hier und da wuchsen Rietgras und Schilf. Immer wieder fand sein Auge alte Zeugen menschlicher Nutzung. Eine zerfallene Steinmauer, ein verrotteter Zaunpfahl. In den Hügeln änderte sich die Farbe der Landschaft, dort wo der Boden trockener und karger wurde. Die Farben verblassten in ein schwaches Grün und Braun. Hier endeten sogar die Überlandstromleitungen.

Der Wind frischte weiter auf, jagte die dicken weißen Wolken über den Himmel, der sich für eine kurze Zeit in einem strahlenden Blau präsentierte, bevor sich die nächste Regenfront vom Meer ankündigte. Das steife Riedgras bog sich Wind. Selbst der Geruch hatte sich verändert. Die Seeluft bekam eine erdige Note.

»Ich habe extra für Sie die Ponys auf eine der unteren Weiden geholt, Mr. Palfrey«, sagte Deccy.

»Nennen Sie mich einfach John, bitte. Wo sind sie,

hinter dem Gebäude?«

»Wir müssen ein paar Meter laufen. Sie mögen das Gebäude nicht. Sie fürchten, eingesperrt zu werden. Das habe ich einmal bei zwei Jungpferden versucht, weil sie entzündete Augen hatten.« Deccy grinste. »Die älteren Tiere kennen mich und wissen, dass sie von mir was zum Fressen bekommen. Ich kann zu ihren Fressplätzen gehen und sie mit einem Futtereimer hinter mir herlocken. Man muss nur ein paar Dinge beachten. Keine leuchtenden Farben tragen und keine hektischen Bewegungen machen.«

An jedem Tor, durch das sie gingen, war ein Schild genagelt, auf dem stand, dass man es hinter sich wieder schließen solle. Nur am ersten Tor hatte Deccy ein Vorhängeschloss mit einer dicken Kette befestigt.

»Man kann nie wissen«, sagte er, schloss es auf und ließ John in die Station. »Ab und zu verirren sich doch mal Touristen hierher.«

John hatte seinen Laptop und seine Unterlagen in seiner Umhängetasche dabei. Er hatte den Plan, sich umzusehen und dann seinen Bericht zu beginnen. Dazu gehörte, sich die Ponys aus der Nähe anzusehen, aber er war nicht scharf darauf, ihnen zu nahe zu kommen. Sie passierten das Stationsgebäude und marschierten zwischen abgeteilten Weiden hindurch, bis sie am Ende des Weges an die letzte Weidefläche kamen, die weit abseits der Station lag und so groß war, dass die Ponys nicht das Gefühl hatten, eingesperrt zu sein. Die Tiere standen in kleinen Gruppen beisammen.

Die meisten grasten, die jüngeren Fohlen rannten umher und spielten. Sie alle hatten die Besucher sofort bemerkt. John wurde aufmerksam beobachtet. Deccy zeigte auf eines der Tiere.

»Das ist der Hengst der Herde, der vor zwei Jahren gekommen ist. Dieses Jahr haben wir leider eines seiner Fohlen verloren. Eine der Stuten hatte sich im Draht schwer verletzt und verfohlt.«

»Habe ich gelesen«, erwiderte John.

»Sie hat mir zwei Finger gebrochen, bis ich sie aus der Schlinge hatte.«

Deccy hielt die rechte Hand hoch und präsentierte zwei Finger, die krumm waren. Wäre er direkt nach dem Unfall in ein Krankenhaus gefahren, sähen sie vermutlich jetzt anders aus. John sagte nichts, aber er konnte dieser selbstzufriedenen Selbstzerstörung nichts abgewinnen. Er machte ein paar Fotos mit seinem Smartphone und wollte dann in die Station und nach den Unterlagen sehen. Die Ponys waren klein, schwarz oder dunkelbraun und sehr flink, gut genährte runde Körper auf schlanken Beinen.

Deccy führte ihn durch die kleine Stallung, in der Reitpferde untergebracht werden konnten, mit denen er Kontrollritte machte. Dann ging es durch eine Verbindungstür in die Station. Hier gab es einen Büroraum, und unter dem Dach hatte Deccy zwei Zimmer und ein kleines Bad für sich. Wegen gelegentlicher Stromausfälle stand hinter dem Haus ein Dieselstromgenerator, der einen solchen Krach machte, dass Deccy ihn nur im Notfall anwarf. Das Büro war gut ausgestattet mit einem großen Schreibtisch, Laptop, Drucker, einem abschließbaren Aktenschrank und einer ordentlichen Sammlung über nationale Flora und Fauna. Die Wände waren mit Holzpaneelen verkleidet und erinnerten auch von innen daran, dass die Station ursprünglich als Scheune errichtet worden war.

»Fühlen Sie sich wie zu Hause, John.«

John Palfrey sah sich um, musterte die Spinnweben an den Wänden, den dicken Staub und feinen Sand auf dem Boden. Aber der Schreibtisch war sauber. Er fuhr seinen Laptop hoch.

»Tee?«, rief Deccy aus der oberen Etage.

»Gerne!«

John arbeitete bis in den späten Nachmittag an seiner Checkliste, blätterte durch Callahans Aufzeichnungen, prüfte ihre Vollständigkeit und Schlüssigkeit. Wie war der Zustand der Ponys und der Projektfläche? Fraßen die Ponys auch jene Schößlinge ab, deretwegen sie hier gehalten wurden, um das Moor vor dem Überwuchern zu schützen? Am Anfang hatte man die Sorge, die Ponys könnten ins Moor laufen und in Löchern versinken und ertrinken, aber es stellte sich heraus, dass sie das eigentliche Moor mieden und nur an den Rändern unterwegs waren. Das genügte, um ortsfremde oder dominante Pflanzen fernzuhalten. Was sich schon am Rand nicht ausbreiten konnte, kam auch nicht bis in den inneren Bereich. An diesem Tag fand

John keinerlei Lücken oder fehlende Dokumente. Er trank während der Arbeit eine ganze Kanne Tee und war dankbar, dass Declan sich im Hintergrund hielt.

Die Sonne verschwand langsam hinter den Hügeln, das Licht wurde schwächer, und die Welt um sie herum verblasste. Das letzte Licht ließ die Kabel der Überlandleitungen aufleuchten. Es sah aus, als zögen parallele grelle Risse durch die Dämmerung. Alles erschien plötzlich noch friedlicher. Unbewusst hielt John für einen Moment inne. Irgendwo sang eine Amsel. Wie aus einem anderen Jahrhundert, dachte er.

»Ich fahr Sie zurück ins Hotel«, sagte Deccy, »aber ich muss vorher noch die Futtersäcke abliefern.«

John nickte. Er überschlug, wie lange er brauchen würde, um sich einen vollständigen Überblick zu verschaffen. Er würde sich auch selbst ein Bild davon machen müssen, sicher einen Tag lang durch das Moor laufen, Fotos machen und außerdem kontrollieren, welche Pflanzen dort wuchsen und welche nicht mehr.

Wie ein Schulausflug, dachte er, nur mit dem Unterschied, dass ich alles daran setzen werde, nicht länger als drei Tage hierbleiben zu müssen.

»Das geht ganz schnell«, hatte Deccy auf dem Weg zu jenem Hof behauptet, bei dem er die Futtersäcke abgeben wollte. Aber mittlerweile hatte John begriffen, dass in diesem Land nichts wirklich schnell ging. Die Farm, auf deren Hof sie fuhren, bestand aus drei alten Backsteingebäuden, die so angelegt waren, dass sie einen rechtwinkeligen Innenhof bildeten. Aus einer Reihe von Boxentüren sahen Pferdeköpfe heraus. Davor lagen Stroh, Heu und Pferdehaufen herum. Spatzen lärmten unter dem Dach, aus der offen stehenden Haustür drang Rockmusik. Die Fassade des Hauses benötigte eine Auffrischung, das Dach war deutlich abgesackt, die Regenrinne voller Löcher, die Fenster sahen nicht mehr dicht aus.

Deccy fuhr den Pajero durch das weit geöffnete Hoftor und hupte zweimal kurz. Sofort kam ein schokoladenbrauner Labrador aus dem Haus gerannt und sprang freudig neben dem Wagen herum, bis Deccy endlich ausstieg und ihn begrüßte. Aus dem Haus rief eine weibliche Stimme:

»Der freut sich über jeden Besucher. Wir hatten vor zwei Jahren einen Jack Russell Terrier, der ist knurrend auf die Motorhaube gesprungen.«

John erkannte die Stimme sofort. Siobhan stand in der Tür und lächelte.

»Kommen Sie herein, ich mache uns einen Tee.«

Deccy lud die Futtersäcke aus, und John folgte ihr ins Haus. Er hatte zwar schon eine ganze Kanne Tee getrunken, aber Siobhans Einladung wollte er nicht ausschlagen. Er würde gerne ein wenig mehr über sie erfahren, und das war eine Gelegenheit dazu. Sie führte ihn in eine großräumige Küche. Auf einem alten Gasherd stand ein Topf mit Spaghetti. John setzte sich an den Küchentisch, unter dem ein Paar ausgetretene Reitstiefel standen.

»Wie war Ihr erster Tag?«, fragte Siobhan.

Sie rührte in den Nudeln herum, nahm den Topf vom Feuer und setzte den Kessel für das Teewasser auf.

»Wie ein Bürotag mit Freiluft«, scherzte John.

Mit einer Kopfbewegung deutete er zu den Stiefeln hinunter und Siobhan lachte laut auf. Sie trug eng anliegende Reithosen. Unter einem dicken Pullover aus Schafwolle schaute der Kragen einer geblümten Bluse hervor. Die Reithosen betonten ihre schöne weibliche Figur und ihre kastanienfarbenen langen und gelockten Haare faszinierten John. Er musste sich Mühe geben, sie nicht anzustarren.

»Ich bin keine großartige Köchin«, sagte Siobhan.

»Dafür aber sind meine Torten die Besten in der Gegend. Essen Sie ein paar Nudeln mit Tomatensoße mit uns?«

»Gerne sogar«, erwiderte John. »Aber nur, wenn ich hinterher abwaschen darf.«

Er sah sich um. Alles machte einen improvisierten und gleichzeitig ländlichen Eindruck. Siobhan goss kochendes Wasser in eine bauchige, japanische Kanne und ließ den Tee ziehen.

»Ein paar jener Dinge, die wir von Euch Engländern übernommen haben«, bemerkte sie mit einem herausfordernden Grinsen. Über das Verhältnis zwischen Engländern und Iren hatte sich John noch nie viel Gedanken gemacht. Woher diese Vorurteile kamen, die auch er übernommen hatte, wusste er nicht, aber sie saßen tief. Bis jetzt.

»Und Viadukt und Kanalisation«, sagte er mit einem ebenso herausfordernden Grinsen.

»Ach, halt die Klappe!«, erwiderte Siobhan.

Sie häufte Nudeln auf zwei Teller und goss die Tomatensoße darüber. John hatte seinen Teller bereits halb geleert, als Deccy in die Küche gestampft kam. Im Türrahmen stehend, zog er sich die Stiefel aus, ohne sich zu bücken.

»Was ist mit Dir?«, fragte Siobhan.

Deccy zog sich einen freien Stuhl heran, ließ sich schwer darauf fallen und seufzte.

»Deine Kochkunst wird mich eines Tages noch umbringen«, scherzte er. »Ich habe auch Rory noch versprochen vorbeizuschauen.«

Er nahm einen Schluck Tee aus Siobhans Tasse, sah zwischen ihnen hin und her und runzelte die Stirn.

»John, Sie können in Ruhe essen, ich sehe noch nach dem Traktor, und dann bringe ich Sie ins Hotel.«

John war hundemüde, wäre aber am liebsten noch Stunden geblieben, um Siobhan zuzuhören. Er würde gerne wissen, warum sie nicht in einer größeren Stadt lebte und Karriere machte. Warum sie nicht verheiratet war und wenigstens vier rothaarige Kinder hatte. Aber vielleicht hatte sie die ja, und die kämen gleich in die Küche gerannt und wollten ebenfalls einen Teller dieser schrecklichen Nudeln haben. Siobhan saß ihm gegenüber, die Ellenbogen auf dem Tisch gestützt. Deccy brauchte geschlagene zwei Stunden, um die schon lange versprochene Reparatur des Traktors durchzuführen, und John war diesmal nicht böse darum. Siobhan und er tauschten Anekdoten aus, lachten und amüsierten sich prächtig. Sie erzählte, dass sie mit siebzehn Jahren geheiratet habe. Aber es sei nicht gut gegangen.

»Wir hatten uns eingebildet, aus Liebe zu heiraten. In Wahrheit wollten wir nur ins eigene Leben aufbrechen. Es hätte trotzdem funktionieren können, wenn er nicht so ein verdammtes Arschloch gewesen wäre.«

Sie teilten sich die Arbeit mit dem Abwasch.

»Und es gab keinen neuen Mann?«

»Männer gab es danach schon noch, aber zum Heiraten war keiner dabei.«

Sie reichte ihm einen Teller, den er sorgfältig abtrocknete und in den Unterschrank legte.

»Auch Irland ist endlich in der Moderne angekommen. Wir dürfen uns scheiden lassen. Wir dürfen selbst entscheiden, ob wir Kinder bekommen möchten. Und zu dieser Entscheidungsfreiheit gehört für mich auch, hier auf dem elterlichen Hof ein eigenes selbstbestimmtes Leben zu führen. Ich bin glücklich hier, weißt Du? Ich liebe das Geschäft mit den Wanderritten.« Sie zog den Stopfen aus dem Spülbecken und sah John von der Seite an.

»Was ist mit Dir? Gibt es eine Mrs. Palfrey?«

John seufzte.

»Es gab da eine Langzeitverlobte.«

Er versuchte, es wie eine Komödie klingen zu lassen. Doch in Wahrheit hatte er den Verlust dieser Beziehung als seine größte persönliche Niederlage empfunden.

»Sie beschwerte sich, dass ich so wenig Zeit hatte. Und sie hatte Recht. Ich habe mich auf meine Karriere konzentriert und dachte, die Beziehung könne einfach nebenher laufen.«

Hilda hatte nach der offiziellen Verlobung gewartet, Pläne geschmiedet, verworfen und wieder gewartet. Als sie ihm schließlich erklärte, dass sie nicht warten wolle, bis sie zu alt zum Kinderkriegen sei, hätte er hellhörig werden müssen.

»Eines Tages kam ich nach Hause, und sie saß auf gepackten Koffern. Sie hatte jemanden kennengelernt und bat mich um Auflösung der Verlobung.«

Er hob die rechte Schulter und legte den Kopf schief, grinste entschuldigend. »Ich habe es versaut. Heute wäre ich nicht mehr so blind und so dumm.«

Siobhan hatte sich mit der Hüfte gegen die Arbeitsplatte gelehnt und die Arme vor der Brust gekreuzt. Sie war etwas kleiner als John, sah zu ihm auf und reagierte nur mit einem Nicken, als Deccy in der Tür erschien und rief, dass er fertig sei.

»Na, Du hast daraus gelernt.«

Ihre Stimme klang ernst, aber sie vermied einen belehrenden Unterton. »Beim nächsten Mal machst Du es bestimmt richtig.«

Zurück im Hotel bemerkte John, dass er vergessen hatte, sein Smartphone aufzuladen. Der Akku war leer. Für einen Moment verfiel er in Panik. Hatte er wichtige Anrufe verpasst? Hatte das Büro versucht, ihn zu erreichen? Hastig wühlte er durch seinen Koffer, suchte nach dem Ladegerät und warf dabei die aufgerollten Socken und Shorts aufs Bett. Er steckte es in die Steckdose und wartete ungeduldig darauf, dass der Akku genug Saft hatte, damit er seine Nachrichten abfragen konnte. Für ihn war es eine Enttäuschung, dass er nur die üblichen Mails vorfand. Keine bezog sich auf das Audit. Keine war mit »wichtig« gekennzeichnet.

Niemand hatte ihn angerufen.

3

Den nächsten Tag verbrachte er mit Deccy im Moor. Aber das Wetter war schlecht. Am Morgen war der Himmel noch klar und blau. Während des Frühstücks bemerkte die Bedienung, dass eine Regenfront angesagt sei.

»Das sieht aber nicht danach aus«, erwiderte John. Die drei Frauen am Frühstückstisch, die auf dem »Wild Atlantic Way« waren, meinten, sie haben sich auf Regen eingestellt. Sie studierten ihre Radwanderkarte und machten Pläne für die nächste Etappe. Als John dann in Deccys Wagen stieg, hatte sich der Himmel bereits mit grauschwarzen Wolken zugezogen.

»Das perfekte Wetter heute!«, rief Deccy vom Fahrersitz aus.

Als sie an der Station ankamen, regnete es schon so heftig, dass sie keine zehn Meter weit sehen konnten. Die Scheibenwischer arbeiteten auf Hochtouren, um die Wassermassen zur Seite zu schaufeln. John saß wie angewurzelt auf dem Beifahrersitz.

Er wollte nicht aussteigen.

»Dieses Wetter ist für nichts gut«, murmelte er.

Deccy stand neben dem Wagen, hatte die Kapuze weit über den Kopf gezogen und winkte nach ihm. John zog sich den Regenhut über den Kopf, drückte ihn fest nach unten und richtete die Krempe ein wenig schräg aus, damit das Wasser besser ablaufen konnte. So fühlte er sich plötzlich ein wenig draufgängerisch und verwegen. Er stieg aus, schlug die Tür zu und trabte hinüber unter das Vordach der Station.

»Wollen wir wirklich ins Moor heute?«, fragte er.

Deccy hielt eine Thermoskanne unter dem linken Arm geklemmt, versuchte, sie nicht wegrutschen zu lassen, während er die Tür aufschloss. Die Feuchtigkeit hatte den Rahmen verzogen, und er musste der Tür einen kräftigen Stoß versetzen, um sie zu öffnen.

»Natürlich«, sagte er, »keine gute Gelegenheit für Fotos, aber bei dem Wetter entfaltet sich eine ganz besondere Stimmung.«

John hoffte, dass Deccy nicht nur Tee, sondern auch einen Schuss Whiskey in seiner Thermoskanne hatte. Sonst würde er kaum in jene Stimmung kommen, von der Deccy redete.

»Heute morgen wollte ich meinen Boss anrufen«, begann er, während er seine Tasche auspackte.

»Er hat sich verleugnen lassen.«

Es war nicht nur seine Vermutung. Nach all den Jahren kannte er die Floskeln der Sekretärin, mit der sie Anrufer abwimmelte. Sie war eine schlechte Lügnerin.

»Das machen Bosse für gewöhnlich, oder?«

»Ich hatte erwartet, dass er neugierig auf einen ersten Bericht sein würde.«

»Hmm«, brummte Deccy und warf John einen vorsichtigen Seitenblick zu. »Vermutlich stehen Ponys bei ihm nicht gerade an erster Stelle. Ich würde das nicht persönlich nehmen.«

John machte ein bemüht freundliches Gesicht. Es

wurmte ihn trotzdem. Es zeigte ihm auch seine eigene Bedeutung.

Sie hatten die ersten fünfzig Meter hinter sich gebracht, waren noch am Rand des Moores, dort, wo die alten Narben der Torfstecherei sichtbar waren. John war unsicher. Er rief: »Wie viele Touristen sind schon im Moor verschwunden?«

»Bisher haben wir noch jeden wiedergefunden«, erwiderte Deccy. Der beständige Regen tauchte die Landschaft um sie herum in ein diffuses Licht. Die Farben verblassten, aber in der warmen feuchten Luft wurden Geräusche und Gerüche um so intensiver. Irgendwann gab John es auf, an seiner beschlagenen Brille zu wischen. Um ihn herum gurgelte und blubberte alles. Unbekannte Tiere fiepten und raschelten zu seinen Füßen. Er achtete sorgfältig darauf, immer hinter Deccy zu bleiben und nicht vom Weg abzukommen, einem schmalen Trampelpfad, vorbei an abgestorbenen Bäumen, kleinen Sträuchern und saftig grünen Mooskissen. Immer wieder blieb Deccy kurz stehen, zupfte ein Blatt ab, reichte es John nach hinten und gab an, ob es eine harmlose Sumpfpflanze oder etwas Giftiges sei. Dort, wo sie Hufspuren im weichen Boden fanden, war selbst das saure Gras herunter gefressen.

»Was passiert, wenn sie zu viel herunter fressen?«, fragte John und wischte sich Regenwasser aus dem Gesicht. »Nichts. Dafür ist die Gruppe zu klein und das

Gebiet zu groß«, sagte Deccy. Es war Teil des Plans, die Herde so klein wie möglich zu halten. Hätten sie die Tiere einfach sich selbst überlassen, wären sie innerhalb weniger Jahre zur Plage geworden. So wurden regelmäßig einjährige Fohlen aus der Gruppe genommen und nach England zurück geschickt.

In den ersten Stunden bekamen sie die Ponys nicht zu Gesicht, aber das tat John nicht leid. Ohne einen schützenden Zaun zwischen sich und ihnen scheute er die Begegnung. Endlich ließ der Regen nach. Sie legten eine erste Pause ein und tranken Tee. John war so viel Bewegung nicht gewöhnt, ihm war kalt und seine Füße schmerzten. Der Tee wärmte wohltuend.

»Wie lange werden wir noch unterwegs sein?«

»Sie werden sich bei dem Wetter in die Berge zurück gezogen haben. Wir könnten zurückgehen und das Quad nehmen.«

John wäre fast der Becher aus der Hand gefallen.

»Wir hätten auch ein Quad nehmen können?«

»Ich bin bei dem Wetter gerne unterwegs. Das Moor ist bei Regen eine ganz andere Welt.«

Deccy war überhaupt nicht auf die Idee gekommen, dass andere das anders sehen konnten. Sie machten sich auf den Weg zurück. Auffrischender Wind fegte die Regenwolken endgültig vom Himmel. Dafür allerdings kamen nun die Mücken, und John war die meiste Zeit damit beschäftigt, sie mit schlagenden Handbewegungen fortzujagen.

Den Nachmittag verbrachte John im Hotel. Er tippte

seine Eindrücke vom Vormittag vom wunschgemäßen Zustand des Moores in seinen Laptop. Er dachte dabei immer wieder an die fernen Berge, die sich wie dunkelgrüne Aquarelle vor dem ansonsten grauen Himmel abgezeichnet hatten. Dort wollte er hin.

Irgendwann klopfte Deccy an seine Zimmertür. Er stand grinsend da und hatte sich für seine Verhältnisse in Schale geworfen.

»Kommen Sie mit in den Pub?«, fragte er. »Dann lernen Sie ein paar Leute kennen, die auf der Station helfen.«

John hatte Hunger. Er erinnerte sich an das gute Stew, das es dort geben sollte. Er nickte, schlüpfte in seine weichen Freizeitschuhe und warf sich die Jacke über. Sie betraten das Mary's Red Roses, das mit einer ausladenden Theke und den vielen Tischen und Stühlen im Barraum einen gemütlichen Eindruck machte. Die Wände waren holzvertäfelt, über den gepolsterten Sitznischen hingen gerahmte Fotos. Nur die Coca-Cola-Werbung passte irgendwie nicht ins Bild, fand John.

»Sie werden ein paar Geschichten aus London erzählen müssen«, sagte Deccy und zwinkerte. John war sich nicht ganz sicher, ob Deccy ihn auf den Arm nehmen wolle. Dieser war auch schon verschwunden und kam kurz darauf mit der ersten Runde Bier von der Theke zurück. Wie es schien, versammelte sich das ganze Dorf nach und nach im Pub. Jung und Alt hockten zusammen, tranken, stritten, diskutierten und lachten. Kinder liefen herum und Hunde kläfften sich unter den Tischen an. Jemand hatte seinen Jack Russell Terrier vor der Tür angebunden, und die folgenden Gäste mussten über seine gespannte Leine hinweg steigen. Niemand beschwerte sich darüber. Vermutlich hatte sein Herrchen zu Hause behauptet, noch eine Runde mit dem Hund zu gehen und war dann im Pub hängen geblieben. John und Deccy stießen ihre Gläser zusammen und nahmen einen ersten großen Schluck.

»Wie geht der Bericht voran?«, wollte Deccy wissen und winkte dabei anderen Gästen zu. Er war immer noch nervös wegen des Berichts, aber er bemühte sich, seine Frage wie beiläufig klingen zu lassen.

»Eine Frage.« John beugte sich Deccy ein Stück entgegen. Was er ihn nun fragte, überraschte ihn selbst. Denn eigentlich wollte er diesen Audit-Besuch so schnell wie möglich hinter sich bringen und wieder nach Hause fahren.

»Können wir uns die Berge ansehen?«

»Mit Vergnügen«, erwiderte Deccy.

Zwei Männer setzten sich ungefragt an ihren Tisch, und sie rutschten enger zusammen. Deccy begrüßte sie und stellte sie als Tomas und Marc vor. Tomas, der ältere der beiden, wollte sofort wissen, wie es zu dieser seltsamen Zusammenarbeit zwischen dem englischen Zuchtverband und einem irischen Nationalpark gekommen sei.

»Damit habe ich eigentlich nichts zu tun.«

John studierte die Speisekarte, die als einfacher

Handzettel auf dem Tisch auslag. Der Ausdruck war fleckig und mit den Ringen der darauf abgestellten Biergläser versehen. Er konnte sich noch nicht entscheiden.

»Ich arbeite nur für die Verwaltung. Wir prüfen, ob die Gelder richtig eingesetzt werden, und ob die Ponys das Moor wirklich vor der Überwucherung bewahren.«

»Eine Langzeitstudie«, ergänzte Deccy. Er tippte auf das zweite Gericht der Karte. Shepherd's Pie.

»Meine Empfehlung«, sagte er. »Ich nehme das Gleiche. Der Zuchtverband suchte nach einer ursprünglichen Umgebung für diese Ponys, um den Rassetyp zu erhalten, und wir suchten nach einer Möglichkeit, das Moor zu erhalten. Das passte zusammen.«

»Schafe hätten es auch getan«, sagte die Bedienung, die während der Unterhaltung an den Tisch getreten war. Deccy warf ihr einen vorwurfsvollen Blick zu.

»Apropos Schafe«, sagte er, »zwei Shepherd's Pie.«

Die Frau relativierte sofort: »Die Ponys sind bei uns willkommen, keine Sorge. Bis in die 40er Jahre hat es wilde Ponys hier gegeben, bis sie alle abgeschossen wurden. Deccy hat wirklich gute Arbeit geleistet, sie hier wieder anzusiedeln.«

Sie prosteten sich wieder zu. John fand Gefallen an dem Bier, an der fröhlichen Runde, an dem irischen Singsang, und er lachte laut, als Deccy behauptete, sein erster Gedanke sei es gewesen, dass ihm da irgend so ein Großstädter seinen Job streitig machen wolle. Man rückte die Gläser zusammen, als die Pasteten gebracht wurden. Sie schmeckte John vorzüglich und bildete die perfekte Grundlage für noch mehr Bier. Später hatte er nur noch eine vage Erinnerung daran, dass Deccy auf dem Tisch stand und einen Song von Luka Bloom sang. So schräg und so voller Hingabe, dass John ihn nur mit offenem Mund anstarren konnte und sich alle anderen vor Lachen krümmten.

John Palfrey, dessen Vorstellung von Vergnügen es war, mit Freunden bei einem Rotwein zusammen zu sitzen und philosophische Betrachtungen über das Leben anzustellen, applaudierte sturzbetrunken und rief, er könne noch bis zum Morgen hier sitzen und sich diese Lieder anhören, selbst dann, wenn sie von Deccy gesungen wurden. Aber pünktlich zur Sperrstunde wurden sie auf die Straße gefegt.

»Morgen geht es in die Berge, versprochen«, lallte Deccy. Er klimperte mit seinem Schlüsselbund und drückte auf den Fernauslöser für die Türverriegelung seines Pajeros.

»Declan, Sie wollen doch nicht noch fahren?«

John deutete auf das Hotel hinter sich.

»Es ist bestimmt noch ein Bett frei.«

»So betrunken bin ich nicht.«

John blieb vor dem Hotel stehen, bis Deccy die Straße hinunter verschwunden war. Dann klingelte er Mrs. Murphy aus dem Bett.

4

Noch hatte er nichts Negatives finden können. Aber John wusste aus Erfahrung, dass es niemals ein Audit gab, das einem Projekt die Perfektion bescheinigte. Perfektion gab es nicht. Es lag am Auditor, jeden Fehler zu finden und zu dokumentieren, und solche gab es immer. Selbst wenn es nur ein falsches Format in einem Tagesbericht war.

Die Ponys waren gesund, die Herde stabil, und es gab keine Beschwerden der umliegenden Farmer. John sah keinen Grund, diesem Projekt nicht noch einmal fünf Jahre zu geben und es auch weiterhin zu betreuen. Die Kosten waren längst nicht so hoch wie bei anderen Projekten, die er auf seinem Schreibtisch hatte. Sie bezahlten Declan Callahan ein kleines Gehalt, und die Ponys ernährten sich praktisch selbst. Nur im Winter fütterte Deccy ein wenig Heu zu. John speicherte die Datei, fuhr den Rechner runter und warf einen Blick auf die Uhr.

Es regnete nicht, aber die Sonne ließ sich nicht blicken, und es war kühl. Der Himmel ein irisches Gemälde aus wolkigen Grautönen.

An der Station angekommen, schickte Deccy John in den Stall, um dort den Rucksack mit dem Proviant zu holen, während er den Pajero parkte. Als John in den Stall trat, starrten ihn zwei gefleckte Ponys an. Sie trugen Nylonhalfter unter den Trensen und waren bereits gesattelt. Nein, dachte John, oh, nein!

Dann steckte Siobhan den Kopf durch das Stalltor.

»Guten Morgen«, rief sie. »Sie haben einen Ausflug in die Berge gebucht?« Sie bemerkte sofort seine Unsicherheit beim Anblick der Tiere.

»Du kannst ihnen vertrauen«, beschwichtigte sie.

»Die tragen den ganzen Tag Touristen durch die Gegend, die nicht reiten können. Die lassen sich von nichts erschrecken. Du kannst es versuchen. Wenn Du Barney hier zum Zucken bringst, fährt Deccy Dich mit dem Quad in die Berge. Deine Entscheidung: ich und die Ponys oder Deccy mit Quad.«

Keine zehn Pferde, oder besser gesagt Ponys, hätten John in dem Moment davon abgehalten, sich gegen die Chance zu entscheiden, ein paar Stunden mit Siobhan allein zu verbringen.

»Ponys!«, sagte er und lächelte nicht nur deswegen, weil sie in einer herausfordernden Pose vor ihm stand.

Barney, auf dessen Rücken John saß, folgte ruhig und gelassen dem anderen Tier, auf dessen Rücken Siobhan voran ritt. John genoss den aufregenden Anblick ihres schönen Hinterns in der engen Reithose.

Siobhan drehte sich im Sattel um und rief Deccy zu, sie würde die kleine Runde um den See nehmen. Es war die Sicherheitsregel, bei Ausritten die Route anzugeben. Die erste halbe Stunde bedeutete eine verkrampfte Tortur für John, doch dann gewöhnte er sich an diese gleichmäßig schaukelnde Bewegung und vertraute schließlich darauf, dass ihm nichts zustoßen würde. Er genoss die Aussicht und freute sich darüber, dass die Berge immer näher kamen.

»Eigentlich sind es nur Hügel«, sagte Siobhan.

»Wenn wir Gäste aus der Schweiz hier haben, lachen die nur, wenn wir Berge sagen.«

Nach einer Weile wurde der Weg durchs Moor breiter, und sie erreichten die ersten Ausläufer der sanften Hügel. Siobhan schnalzte mit der Zunge, und sofort schloss Barney auf und marschierte neben ihrem Pony. Die Tiere waren ein eingespieltes Team. Sie schlenderten in gleichem Tempo nebeneinander her, die Köpfe gesenkt, nur die Ohren spielten aufmerksam hin und her.

»Danke«, sagte John, »der Ausritt ist toll.«

»Heute Abend wirst Du Muskeln spüren, von denen Du nicht wusstest, dass es sie überhaupt gibt«, scherzte sie zurück.

Sie kamen an einen See, in dessen glatter Oberfläche sich die Silhouette der Berge spiegelte. Ein Ufer war mit einer breiten Steinmauer befestigt. Davor waren für Wanderer und Reiter Bänke zum Rasten aufgestellt. Siobhan hielt an und sprang aus dem Sattel. Sie nahm Barneys Zügel, so dass John absteigen konnte. Er hatte beobachtet, wie Siobhan es gemacht hatte und schaffte es tatsächlich, nicht wie ein nasser Sack zu fallen oder mit dem Bein am Sattel hängenzubleiben. Siobhan zog den Ponys die Trensen aus und band sie mit den Halftern und mitgebrachten Stricken an einem Baum fest. Sie erklärte ihm, dass sie das nicht mit den Zügeln tun könne, weil die Pferde sich sonst mit dem Gebiss aus Metall verletzen könnten. Sie hatte Sandwichs und Getränke mitgebracht. John machte sich nützlich, indem er Pappteller und Tassen arrangierte, sowie Tee und Orangensaft eingoss, während Siobhan sich um die Pferde kümmerte. Dann klingelte sein Smartphone. John war überrascht. Er hätte nicht erwartet, hier draußen Empfang zu haben. Ohne auf das Display zu schauen, nahm er den Anruf entgegen. Seine Aufmerksamkeit galt nur Siobhan und der Art, wie liebevoll sie mit ihren Tieren umging.

»John«, bellte Gordon ihm ins Ohr, »was macht Ihr Bericht? Kommen Sie voran?«

John beschlich eine Vorahnung. Er gab nur eine ausweichende Antwort.

»Wären Sie bereit, noch eine Weile länger zu bleiben, um vor Ort ein paar Dinge für uns zu erledigen?«

Dieser Vorschlag kam sehr unverhofft. Beinahe zu schön, um wahr zu sein. Ein paar Tage mehr, um Siobhan besser kennenzulernen.

»Gerne«, sagte John, winkte zu Siobhan hinüber, die den Pferden die Sattelgurte lockerte. Sie lächelte ihm zu und winkte zurück. Was Gordon ihm allerdings dann mitteilte, trübte seine Laune und ließ ihn ratlos zurück. John verabschiedete sich konsterniert und schaltete das Telefon aus.

Siobhan kam und setzte sich neben ihn.

»Das war meine Sekretärin. Ich kann noch ein paar Tage länger bleiben.« Es war eine Lüge mit weißem

Kragen, denn den wahren Grund für die Verlängerung konnte er Siobhan nicht nennen. Dazu musste er sich erst etwas einfallen lassen. Sie grinste übers ganze Gesicht und stieß ihre Teetasse an die seine. Dass sie sich über die Verlängerung seines Aufenthaltes so strahlend freute, machte plötzlich alles federleicht in seiner Brust und in seinem Bauch. Und, verdammt, er war alt genug, um zu wissen, was dieses Gefühl bedeutete.

»Das war bestimmt Declans Idee, mich auf ein Pferd zu setzen«, lachte er. »Er will mich vorführen.«

»Deccy hat nichts damit zu tun«, Siobhan schüttelte den Kopf. »Er wollte eigentlich mit Dir los, aber ich habe ihm die Tour abgenommen.«

Der Wind strich ihr das wilde Haar ins Gesicht. Sie blinzelte und hielt es sich im Nacken zusammen, wollte es mit einem elastischen Haarband aus ihrer Jackentasche zusammenbinden, aber John legte ihr seine Hand auf den Arm.

»Bitte nicht«, sagte er, selbst ein wenig erschrocken über seine Reaktion. »Es ist wunderschön, wenn es so frei im Wind tanzt.«

In seinen Worten lag eine Wärme, die er fast schon vergessen zu haben glaubte. Er war es eher gewohnt, seine Gefühle zu verbergen, sie zu verstecken hinter einer Wand der sicheren Unangreifbarkeit.

Siobhan reagierte mit einem erstaunten Lächeln und steckte das Haarband wieder ein. Der provisorisch zusammen gedrehte Zopf löste sich im Wind. Erneut wirbelte ein leuchtender Strauß aus Kastanienzungen um ihren Kopf. Sie legte ihre Hand auf die seine und sah ihm in die Augen. John versank in ihrem Blick. Sekunden zogen sich zu Ewigkeiten, und während sich das unendliche Land um sie herum in seiner eigenen Weite verlor, verringerte sich die Entfernung zwischen ihnen ganz langsam wie von selbst, bis sie vollends aufgelöst war und sich ihre Lippen berührten.

Bei ihrer Rückkehr in die Station sang Siobhan »Fields of Athenry.« Deccy beugte sich aus der Öffnung des Dachbodens heraus und wunderte sich darüber. Die beiden Tinker blieben vor der Scheune stehen.

»Wie haben Ihnen die Berge gefallen?«, rief er John zu. »Ich kann den Ausflug wiederholen«, erklärte John. Er saß locker im Sattel wie ein alter Cowboy, aber beim Absteigen war er steif wie eine Bahnbohle.

»Mein Aufenthalt ist verlängert worden.«

»Das klingt sehr nach Knast«, frotzelte Deccy.

Siobhan winkte ihm zu, schlug einen Tee aus und meinte, sie müsse nach Hause. Sie ritt davon und zog Barney am Strick hinter sich her.

John sah ihr nach. Alles in ihm fühlte sich an, als hätte er zu viel Brausepulver geschluckt.

»Ich setze mich wieder an den Bericht«, rief er nach oben. Er bewegte seinen verspannten Rücken und die Schultern, versuchte die Wadenmuskeln zu lockern. An Deccys Schreibtisch klappte er seinen Laptop auf, rückte seufzend den Stuhl zurecht und öffnete die

Datei mit dem Bericht. Eine Sekunde zögerte er, dann änderte er den Dateinamen von »Letterfrack draft 2.0« in »Letterfrack final 1.0«. Es spielte keine Rolle, was er hier in Deccys Büro noch fand oder bei den Ponys oder im Moor, ob Rechnungen falsch waren oder ob er Beweise fand, dass die Ponys das Gebiet des Nationalparks verließen. Er verfasste den Bericht so objektiv wie möglich, aber es kümmerte ihn nicht mehr, ob die durchweg positive Beurteilung der Wahrheit entsprach. Es spielte keine Rolle mehr.

Später, im Hotel, galt sein letzter Gedanke Siobhan, bevor er erschöpft einschlief.

5

Am frühen Morgen wachte er mit den Nachrichten auf, die ihm verkündeten, dass sich die Welt da draußen ein wenig weitergedreht hatte, während er, John Palfrey, einmal zum Stillstand gekommen war. Er duschte so heiß es ging, um den Muskelkater loszuwerden. Nachdem er sich angezogen hatte, schrieb er seinem Chef eine Email. Er überarbeitete sie noch einmal, nahm ihr die Spitzen und drückte dann auf »Senden«. Dann ließ er den Laptop links liegen und setzte sich persönlich eine Frist, Deccy reinen Wein einzuschenken. Bis Freitag, dachte er und schlich mit steifen Knochen in den Frühstücksraum.

Auf seine Bitte hin nahm Martha Murphy ihn mit zum Einkauf nach Clifden. Dort kaufte er sich eine billige Jeans, ein paar T-Shirts, einen Sweater, Unterwäsche und dicke Socken. Bepackt mit Tüten wartete er am Wagen, bis Martha aus der Apotheke zurückkam. Schulkinder auf dem Heimweg liefen an ihm vorbei, Touristen und Mütter mit Kinderwagen. Er entdeckte hektische Büroangestellte in moderner Geschäftskleidung, die den obligatorischen coffee to go vor sich hertrugen. Und trotz aller Betriebsamkeit hatten die Menschen überall noch Zeit für einen Plausch mit Freunden und Bekannten, die man unterwegs traf. Vielleicht lag es daran, dass Clifden dann doch keine wirklich große Stadt war. Vielleicht lag es aber auch an dem besonderen Herzschlag, der dieser Gegend zu eigen schien. John wurde von Martha Murphy überrascht, die mit zwei Softeis auf ihn zukam.

»Das beste Eis in der Gegend«, sagte sie.

Während sie das Eis genossen, fasste John sich ein Herz und stellte Martha eine Frage. Sie sah ihn erstaunt an, überlegte einen Augenblick und deutete die kleine Einkaufstraße hinunter. John folgte ihr in den kleinen Laden und ließ dort ein Geschenk einpacken, welches er auf Marthas Anraten ausgewählt hatte.

Aus Clifden zurück unternahm er mit Deccy einen erneuten Ausflug ins Moor. Deccy behauptete, Muskelkater ließe sich am Besten mit viel Bewegung lindern. John schoss Fotos und notierte sich, an welchen Plätzen er sie gemacht hatte. Deccy schlug vor, in seinem Computer nachzusehen, ob er von diesen Plätzen noch alte Fotos habe, die man als Vergleich heranziehen konnte.

»Gute Idee«, sagte John und dachte, dass es keinen Unterschied mehr machte. Sie kamen an einem der kleinen Höfe vorbei, deren Bewohner noch immer vom Torfstechen lebten und wurden zu einem Tee eingeladen. In dem winzigen grauen Steinhäuschen lebte ein Paar von kaum mehr als dreißig Jahren mit seinen Kindern. Es gab eine angeregte Unterhaltung über die Renntage in Sligo und Galway. Zwar konnte er nichts zu der Unterhaltung beitragen, aber die Leidenschaft der Beiträge faszinierte ihn. Die Männer sprachen mit einer solchen Begeisterung von Vollblütern, berühmten Rennställen und Jockeys, dass John Zweifel kamen, ob er nicht etwas verpasste in seinem Leben. Er hatte sich die letzten Jahre nur auf seinen Job konzentriert, und jetzt schien es, als würde sich das nicht auszahlen. Von einer wirklichen Karriere war er weit entfernt. Und zu allem Überfluss wurde er jetzt von Gordon Ramson dazu verdonnert, ein Projekt zu beenden, bei dem er angefangen hatte, es in sein Herz zu schließen. Sie hatten ihn doch nur zur Prüfung hergeschickt. Was bedeutete die perfide Planänderung? Er fühlte sich wie ein Bauernopfer und zerbrach sich den Kopf darüber, was man von ihm erwartete.

Als Deccy und er am nächsten Tag durch die Straßen von Letterfrack fuhren, empfahl dieser ihm, sich für das Wochenende ein Auto zu leihen und nach Galway oder ans Meer zu fahren. Wie beiläufig winkte er dabei einem Mann zu, den sie an einer Kreuzung überholten und der zu Fuß unterwegs war.

»Henry«, murmelte Deccy, »dem traue ich nur so weit über den Weg, wie ich spucken kann. Wenn es hier jemanden gibt, auf den die alte Bezeichnung Schlitzohr zutrifft, dann haben Sie ihn gerade gesehen.« Er warf John einen kurzen Seitenblick zu.

»Mein Dad hat immer ein Auge auf ihn. Zuletzt versuchte er, geschmuggelte Zigaretten zu verkaufen.«

Hier kannte jeder jeden.

»Ich war schon lange nicht mehr am Meer«, sagte

John. »Wenn das Wetter mitspielt, hätte ich an einem Tag am Strand nichts auszusetzen.«

John machte plötzlich eine warnende Bewegung mit der Hand und Deccy nickte wissend. Sie passierten den Hof mit dem neurotischen Bordercollie, doch diesmal kam der Hund nicht herausgeschossen.

»Was macht Ihr Muskelkater?«

»Es wird besser. Ich gewöhne mich langsam an all das hier. An die Bewegung. An die frische Luft.«

Außerdem, aber das sagte er nicht, fühlte er sich sauwohl in den neu gekauften, billigen Jeans und dem schlabbernden Sweater.

Später kam John eine Idee, und er lieh sich von Deccy ein altes Fahrrad.

»Was ist mit einem Mietwagen?«

John zuckte mit den Schultern.

»Dann verpasse ich doch die schönen Ecken.«

»Darf ich Sie was fragen, John?«

»Bitte.«

»Was ist eigentlich mit Ihrem Job?«, fragte er. »Ich meine, ich sollte eine solche Frage eigentlich nicht stellen, denn immerhin sind Sie hier, um mich zu kontrollieren und nicht umgekehrt. Aber ich habe den Eindruck, dass Sie sich ein wenig verändert haben, seit Sie angekommen sind.« Er zögerte und fuhr sich mit den Fingern durch das Haar. »Ein wenig so, als würde all das, was Sie in London zurück ließen, an Bedeutung verloren haben. Täusche ich mich? Bilde ich mir das ein?« John hob den Kopf und schloss die Augen. Obwohl es inzwischen Freitag war, der Tag seiner selbstgewählten Frist, war es nicht der richtige Augenblick, die Wahrheit zu sagen. Es nagte an ihm, aber er fürchtete sich davor.

»Wissen Sie, Callahan, all die ganzen Jahre, sogar noch bis zur letzten Woche, hat in meinem Leben der Job an erster Stelle gestanden. Ich habe einiges dafür geopfert, Freunde, Hobbys, sogar die Liebe zu einer Frau ist auf der Strecke geblieben. Das übliche Programm für unsereins. Studium, Ausbildung, Überstunden. Der Stress, sich auf ein einziges Ziel zu fokussieren. Alles habe ich auf mich genommen, und trotzdem bin ich nicht über den Rang eines Projektleiters hinausgekommen. Ich meine, ich stelle mich nicht schlecht an, aber ich werde nicht befördert. Ich fürchte, mir fehlt der nötige Biss, um mich nach oben zu treten. Seit ich hier bin, denke ich darüber nach, ob ich nicht den falschen Weg gegangen bin. Was bleibt mir am Ende des Tages? Ich bin kein Chirurg, der Leben rettet. Ich bin keine Hebamme, die Kinder zur Welt bringt. Ich habe keinen Abdruck hinterlassen in dieser Welt, wenn ich hier und jetzt tot umfalle.«

»Die meisten Menschen hinterlassen keine Abdrücke. Die Hauptsache ist, dass man mit gutem Gewissen sagen kann: Ich war ein guter Mensch. Dafür braucht es keine Karriere oder Anerkennung. Nur die unerschütterliche Überzeugung, die Gewissheit, dass es wahr ist. Übrigens: Apropos guter Mensch! Heute

Abend gibt es im Mary's Red Roses Livemusik. Ich hoffe, Sie gesellen sich dazu. Das ganze Dorf wird dort sein.«

»Sicher«, sagte John.

Siobhan mistete gerade die Ställe aus, als John auf den Hof radelte und klingelte. Sie stellte die Mistgabel ab, kam auf ihn zu und küsste ihn auf den Mund.

»Das ist Deccys Rad, auf dem Du so eine gute Figur machst.« Siobhan sah selbst in einem alten Pullover und verschlammten Jeans verführerisch aus. John versuchte sich vorzustellen, wie sie in einem eleganten Abendkleid aussehen würde. Aber das wollte ihm irgendwie nicht gelingen. Er ertappte sich sogar dabei, dass ihm dieses Bild plötzlich eigentümlich fremd vorkam. Dann sagten beide gleichzeitig: »Heute Abend ist Livemusik im Pub« und lachten sofort los.

»Komm, hilf mir ein wenig«, sagte sie dann.

Während sie den Pferdemist aus den Boxen schaufelte, holte er frisches Stroh aus der Scheune und verteilte es auf dem Boden. Die gemeinsame Arbeit kam gut voran, und John wagte es, ihr ein paar Fragen über Deccy zu stellen, die ihm durch den Kopf gingen.

»Er war jahrelang fort«, sagte sie. »Er ist irgendwann weg und erst nach ein paar Jahren wiedergekommen. Niemand weiß, wo er war und was er gemacht hat, selbst sein Vater nicht. Es fragt auch niemand danach.«

Nach der Stallarbeit machte Siobhan eine Kanne Tee und meinte, er habe sich wirklich ordentlich angestellt im Umgang mit der Heugabel und Karre. Sie trug den Tee hinüber in den Gemeinschaftsraum. Zwischen einem altmodischen Sofa und modernen Sesseln aus einem preiswerten Einrichtungshaus stand ein klobiger chinesischer Kaffeetisch, der mit seinen groben Schnitzereien überhaupt nicht in den Raum passte.

»Die letzten Gäste reisen morgen ab«, bemerkte Siobhan beiläufig. »Und die nächste Gruppe kommt erst am Montag. Ich habe also frei am Wochenende.«

Sie tranken den Tee, und John rutschte unruhig auf dem Sofa hin und her.

»Hättest Du noch ein paar Kekse oder so etwas?« fragte er. Siobhan starrte ihn fragend an, aber dann erhob sie sich.

»Sicher«, sagte sie.

Kaum hatte sie den Raum verlassen, sprang John auf und holte das kleine Geschenk aus seiner Jackentasche. Er schob die Tassen beiseite und platzierte die kleine Schachtel in die Mitte des Tisches. Sie war mit dunkelrotem Papier eingeschlagen, trug den kleinen Aufkleber von Waterford Crystals und das Logo mit dem Seepferdchen. Unentschlossen rückte er es noch einige Male hin und her und zuckte nervös, als Siobhan zurück kam. Trockene Mürbeteigplätzchen war alles, was sie anbieten konnte, und die waren auch noch seit zwei Monaten abgelaufen. Es ärgerte sie, dass John nicht auf ihren Hinweis wegen des freien Wochenendes eingegangen war.

Dann entdeckte sie das kleine Geschenk.

»Oh?«, stieß sie hervor.

Ihre Hände griffen nach der kleinen roten Box, aber im letzten Moment zögerte sie und sah John mit gerunzelter Stirn an.

»Du wolltest überhaupt keine Kekse, was?«

»Nein«, erwiderte John gedehnt. »Ich brauchte nur eine kleine Ausrede, um Dich loszuwerden.«

Sie grinsten sich an. Schweigend packte sie das Geschenk aus und hielt dann eine kleine Pferdeplastik aus Kristall auf ihrer Handfläche.

»Ich danke Dir«, sagte sie, »das ist wunderschön.«

Das Pferd stand auf den Hinterbeinen, ein kleiner kräftiger Hengst, der sich da präsentierte. Durch das Kristall waren die Details nur wenig ausgearbeitet, was aber den Ausdruck von Kraft und Stolz nicht minderte. Mit einer schnellen Bewegung umrundete sie den chinesischen Tisch und drückte John einen Kuss auf die Stirn. Dabei hielt sie ihre Hände an seine Wangen. Sie fühlten sich an wie ein warmer, zarter Segen des Himmels. Wie die lenkende Berührung durch einen unsichtbaren Engel. Er schloss die Augen und genoss wohlig, dass sie ihn in den Arm nahm und ihn noch ein weiteres Mal auf den Hals küsste. Ihre Haare legten sich dabei auf sein Gesicht. Sie rochen nach Stallarbeit, nach Pferden und nach Torf. Er konnte sich nicht erinnern, dass Lavendel oder Rosmarin jemals verführerischer geduftet hätten.

Siobhan ließ ihn los.

»John?«, sagte sie und sah ihn erwartungsvoll an.

»Hast Du etwas dagegen, wenn wir am Wochenende an den Strand fahren?«

Am selben Abend fuhr Deccy am Hof der Keatings vorbei, hielt kurz an und grinste, als er sein Fahrrad neben dem Hauseingang stehen sah. Sein Plan war aufgegangen.

6

Ins Mary's Red Roses kam John etwas früher, als es verabredet war. Er kam zunächst mit dem Barkeeper ins Gespräch. Dieser erzählte, dass sein Pub früher ein Gemischtwarenladen gewesen war, in dem die Tochter des Vorbesitzers Blumen verkauft hatte. Aber ihr Vater habe dann einen Pub daraus gemacht, hatte ihr mit dem Namen »Mary's Red Roses« über den Verlust ihrer Blumenzucht hinweghelfen wollen, aber sie hatte ihm nicht verziehen.

»Was ist aus ihr geworden?«, fragte John.

»Soweit ich weiß, ist sie nach Donegal gegangen und hat dort einen Mann mit einem Blumengeschäft geheiratet«, sagte Siobhan und setzte sich neben ihn an die Theke. »Das erzählt man sich jedenfalls.«

Der Barkeeper prustete los und rief vom anderen Ende der Theke: »Als wenn es damals in Donegal Blumengeschäfte gegeben hätte, love!«

John rückte mit seinem Barhocker ein Stück zur Seite und drehte sich ihr entgegen, wartete gespannt darauf, was sie erwidern würde. Doch sie bestellte sich nur ein Guinness und nahm sich über die Theke hinweg eine Tüte Erdnüsse, die in einem großen Plastikeimer neben der Zapfanlage standen.

»So früh schon hier?«, fragte sie.

»Ich wollte uns die besten Plätze reservieren.«

Siobhan drückte die Tüte auf.

»Wie ich hörte, läuft Dein Audit gut?«

Siobhan schnipste sich die Erdnüsse in den Mund und sah ihn forschend an.

»Es läuft doch gut, oder?«

John kämpfte mit einem trockenen Mund. Und gerade, als er antworten wollte, klingelte sein Smartphone. Gordon Ramson.

John machte eine entschuldigende Geste in Siobhans Richtung und ging vor die Tür. An jener Stelle, an der vor Generationen einer von Marys Rosenstöcke gestanden haben musste, lehnte er sich an die Wand.

»Was macht die Abwicklung, John? Spätestens Montag erwarte ich Ihr Konzept.«

Mit einer etwas zu freundlich wirkenden Stimme erwiderte John, dass er sich darauf verlassen könne und schaltete, ohne sich zu verabschieden, sein Smartphone aus. Die Situation war so absurd, dass er einfach vor dem Pub stehenblieb, auf das Display des Telefons starrte und erwartete, dass es gleich wieder klingeln würde. Aber das tat es nicht.

Sie hatten beide schon ein Guinness getrunken, als endlich Deccy zu ihnen stieß.

»Ihr glüht schon vor?«

Er legte Siobhan eine Hand auf die Schulter. Die Geste erschien John ein wenig zu vertraut.

»Sie ist noch immer das Licht meines Lebens«, seufzte Deccy John entgegen. Mit einem Wink bestellte er sich sein übliches Getränk beim Barkeeper, zog seine Jacke aus und warf sie auf die Theke. Die Sonne versank irgendwo am Horizont im Atlantik, und der Pub füllte sich zusehends. Das gelbe Licht der Straßenbeleuchtung schien durch die kleinen Fenster. Die Musiker trudelten ein, packten im hinteren Teil des Pubs ihre Instrumente aus und spielten sich ein, ölten die Kehlen mit Whiskey-Cola, lockerten die Finger mit Guinness und Ale. Es waren Freunde und Bekannte aus Letterfrack und Umgebung, keine feste Band, und ab und zu stieß ein Hobbymusiker dazu, um für ein oder zwei Songs mitzuspielen.

Mitreißende traditionelle irische Musik, die zwar nicht immer perfekt klang, aber für die nötige und erwartete Stimmung sorgte. Obwohl der Pub überfüllt war, fand sich noch Platz für tanzende Paare in der Mitte des Raumes. Tische und Stühle wurden einfach beiseite geschoben.

Und als die Musiker später »Reel around the sun« spielten, der Song, mit dem Riverdance weltberühmt geworden war, versammelten sich tanzende Gäste in einer Reihe und präsentierten eine sehr bodenständige Version des Line Dance, Siobhan mitten unter ihnen. John betrachtete sie mit offenem Mund, vollständig in sie verliebt. Mit fliegendem Haar, einem strahlenden und konzentrierten Gesicht tanzte sie, die Arme eng am Körper, und ihre Füße folgten den komplizierten Schrittfolgen des irischen Steptanzes.

Das Lied endete. Sie bekamen tosenden Applaus, die Gruppe löste sich auf, und die Musiker legten eine Pause ein. Deccy war verschwunden, John und Siobhan kehrten an die Theke zurück. Irgendwann tauchte Deccy wieder auf, schien nüchterner als alle anderen im Raum und suchte nach seiner Jacke. Sie war hinter die Theke gefallen, einer der Barkeeper reichte sie ihm herüber. Er sagte, er müsse noch etwas erledigen und würde später noch einmal hereinschauen. Mit einem Grinsen schlug er John auf die Schulter und war dann zügig in Richtung Tür verschwunden. Da endlich reagierte John und folgte ihm. Vor dem Pub hatte er ihn eingeholt, griff nach seinem Arm und drehte ihn zu sich herum. An diesem Abend war er angetrunken genug, um ignorieren zu können, dass er sich womöglich lächerlich machte. Es war ihm egal. Er musste es wissen.

»Da ist doch etwas zwischen Dir und Siobhan?«

Deccy grinste.

»Als ich Dich das erste Mal gesehen habe, dachte ich: Oh Gott, was für ein steifer und trockener Kerl. Mit Schlips und Kragen. Nicht fähig, seinen Namen in den Sand zu pissen. Aber Siobhan hat von Anfang an etwas anderes in Dir gesehen. Ich hatte keine Ahnung, was sie meinte, aber Du musst etwas an oder in Dir haben, was sie sieht und ich nicht.«

»Ihr habt Euch über mich unterhalten?«

Deccy legte ihm die Hand auf die Schulter.

»Hat sie Dir erzählt, dass wir verheiratet waren?«

»Was?« Johns Stimme war ein atemloser hoher Ton, sein Gesicht purer Unglaube.

»Sie war siebzehn, und die Ehe hat nur zwei Jahre

gehalten. Ein Glück, dass wir uns inzwischen scheiden lassen dürfen. Unsere Familien waren enttäuscht, wir selbst am meisten. Aber wir passten nicht zusammen. Sie wollte in Letterfrack bleiben, ich wollte weg. Wir kennen uns seit Kindertagen, wir konnten uns nichts vormachen.«

»Ich glaube Dir kein Wort.«

John schlug seine Hände weg.

»Ihr spielt ein Spiel mit mir. Siobhan ist das Schmiergeld, das mich dazu bewegen soll...«

Er brach ab. Eben noch wusste er, was er sagen wollte, dann war der Gedanke verschwunden.

»Was?« Deccy stupste ihn aufmunternd an.

»Nichts«, murmelte John. »Ich bin betrunken.«

John fühlte eine ungeheure Panik in sich aufsteigen. Was, wenn seine spontane Vermutung richtig war? Wenn sein Traum, wenn sein unverhofftes Glück, dass ein solches Zauberwesen wie Siobhan sich ausgerechnet in ihn verliebt haben könnte, alles nur ein abgekartetes Spiel gewesen war?

»Das bist Du tatsächlich. Betrunken.«

John griff nach einem Strohhalm.

»Sie mochte mich vom ersten Moment an?«

Deccy machte eine Geste und zeigte in sein Gesicht, so als wolle er sagen »Können diese Augen lügen?«

»Ich mag sie auch.«

»Wirf die Chance nicht weg«, sagte Deccy.

Dann war John allein auf der Straße. Deccy war bereits in seinen geparkten Wagen gestiegen, fuhr an ihm vorbei und hupte. John hob zeitverzögert die Hand und winkte ihm nach. Es pfiff in seinen Ohren, die Nachtluft war angefüllt mit einem süßlichen Geruch, den er zunächst als Blumenduft interpretierte. Doch als er sich auf seine Nase konzentrierte, erkannte er es als fauligen Abfallgeruch und entdeckte, dass er neben einer Reihe von Mülltonnen stand.

Er schwankte zurück in den Pub.

Die Musik spielte inzwischen wieder, und er fand Siobhan am Rande der Tanzfläche. Er schnappte sie sich und begann zu tanzen.

Am nächsten Tag holte Siobhan ihn ab, und sie fuhren zum Meer. Sie hatte am Vorabend nicht viel weniger getrunken als er, aber sie war in deutlich besserer Verfassung.

»Ich bleibe immer bei einem Getränk«, erklärte sie. »Wenn man die Sorten mischt, haut es einen um.«

Die Küste und der schmale Sandstrand der Bucht zeigten sich in einer wilden und einzigartigen Schönheit. Raue Klippen und Dünen, soweit das Auge reichte. John und Siobhan hatten sich einen ruhigen, windgeschützten Platz ausgesucht, eine Decke ausgebreitet und den Picknickkorb ausgepackt.

Gegen Mittag döste John im Sand liegend ein, und Siobhan weckte ihn mit einem kitzelnden Kuss auf den Mund. Alles erschien John wie ein Neubeginn. Wie ein neuer Tag, der anbrach nach einer langen Nacht voller Albträume. Bis zum Einbruch der Dunkelheit blieben sie am Strand, redeten über ihre Leben und ihre Welten, über das, was ihnen wichtig war. Sie lachten über Anekdoten und überraschende Gemeinsamkeiten. Es erschien beiden, als würden sie sich schon viel länger kennen, als nur eine Woche. Überhaupt hatte John das Gefühl, dass sein Leben erst jetzt Gewicht bekam.

7

Der Montag kam viel zu schnell. John und Deccy saßen in der Station und tranken Tee.

»Ich habe den Bericht abgeschickt«, sagte John.

»Ich muss mit Dir reden.«

Johns ernste Stimme und sein versteinertes Gesicht ließen Deccy aufhorchen. Niemand überbrachte gute Nachrichten mit einem solchen Gesicht.

»Sie haben mich geschickt, um das Projekt zu beenden. Egal, wie erfolgreich es auch in den fünf Jahren war, das Budget ist nicht verlängert worden, und deshalb soll ich jetzt vor Ort dafür sorgen, dass das Equipment verkauft oder zurückgeschickt wird. Es tut mir so leid, Deccy.«

»Es tut Dir leid?«

Deccy starrte ihn an, lehnte sich erst zurück, schnellte dann nach vorn und stach ihm mit dem Zeigefinger in die Brust.

»Das wusstest Du doch von Anfang an. Du tauchst hier auf und benimmst Dich, als sei alles in Ordnung.«

Mit jedem Wort wurde er lauter und heftiger, ließ die Verzweiflung aus sich heraus.

»Ich wusste es nicht«, erwiderte John, aber es schien nicht zu Deccy durchzudringen.

»Sie haben mich für das Audit geschickt und erst später ...«

»Blödsinn.«

Deccy sprang auf, und John duckte sich in dem Stuhl

zusammen, erwartete einen Schlag, aber Deccy griff über ihn hinweg in das Regal und begann, Aktenordner herauszuziehen. Er stapelte sie auf dem Tisch. Mit dem quietschenden Bürostuhl rollte John zur Seite und machte ihm Platz.

»Ihr wollt Euer Equipment zurück?«

Deccy hastete in den Nebenraum, kam mit einem Karton zurück und warf die Ordner hinein.

»Du kannst alles mitnehmen.«

»Declan!«, herrschte John. Er wollte ihn aufhalten, aber er wagte es nicht, ihm zu nahe zu kommen.

»Ich weiß, dass ich Prügel verdient habe, aber ich habe einen Plan.«

Mit den letzten beiden Ordnern drehte Deccy sich zu ihm herum. Nichts hasste er so sehr, wie die Fassung zu verlieren. Er war wütend, verzweifelt, enttäuscht, fühlte sich verraten. Das trieb ihm die Tränen in die Augen und weckte Erinnerungen an frühere Zeiten.

»Ich will nichts hören von Deinem Plan. Was ist mit den Ponys? Hast Du Dir für die auch schon was ausgedacht?«

Er warf die Ordner in den Karton. John erhob sich von dem Stuhl und schob ihn nach hinten weg.

»Ich soll den Transport nach England organisieren. Aber wenn ich es von Anfang an gewusst hätte, hätte ich es Dir gesagt. Ich brauche Deine Hilfe, um die Ponys aus dem Moor zu bekommen.«

Sie starrten sich an, bis Deccy sich in einer heftigen Bewegung mit dem Ärmel über die Augen fuhr und murmelte: »Von mir aus kannst Du hier alles einpacken und mitnehmen. Sieh zu, wie Du die Ponys in die Station bekommst.«

Hätte John sich ihm in den Weg gestellt, wäre es mit Sicherheit zu einer heftigen Auseinandersetzung gekommen, aber er ließ ihn gehen und hörte den Pajero davonbrausen. Er durchsuchte das Büro und trennte Deccys Privatsachen von jenen, die dem Verband gehörten. Er fühlte sich, als würde er einen frischen Leichnam plündern. Als er fast damit fertig war, hörte er, wie ein Wagen auf die Station fuhr. Es war Siobhan.

Sie bremste scharf, sprang aus dem Wagen und kam im Laufschritt auf ihn zu. Es sah nicht nach einem Freundschaftsbesuch aus.

»Wie kannst Du es wagen?«, schrie Siobhan ihm entgegen. Es entwickelte sich ein heftiges Streitgespräch, in dessen Verlauf es John jedoch gelang, ihr alles zu erklären.

»Du hast es wirklich nicht gewusst?«

»Nein! Die haben mich ins Messer laufen lassen.«

Eine Weile schwiegen sie.

»Deccy ist bei seinem Vater untergekommen«, sagte Siobhan dann. »Ich werde ihn überreden, Dir bei den Ponys zu helfen, wenn es sein muss. Aber weshalb lasst Ihr die nicht einfach da, wo sie sind? Selbst, wenn Deccy nicht dafür bezahlt wird, würde er sich um sie kümmern.«

John sah traurig aus. Die Ponys gehörten formell dem englischen Zuchtverband, und er hatte keinerlei

Einfluss auf dessen Entscheidung.

»Es wird ihm das Herz brechen«, sagte Siobhan, »und mir auch.« Seufzend legte sie John die Hand auf den Unterarm, aber diese Berührung war nur noch ein schwaches Echo dessen, was sie am Strand ausgetauscht hatten.

Siobhan setzte ihn vor dem Hotel ab. Er trug den Karton mit den Unterlagen in die Lobby und stellte ihn auf der Empfangstheke ab. Martha Murphy war nirgends zu sehen, deshalb rief er nach ihr. Er wanderte unruhig hin und her, bis sie aus ihrem Büro und hinter die Theke trat.

»Mr. Palfrey«, sagte sie. »Was kann ich für Sie tun?«

Kein familiärer »John« mehr. Selbst das freundliche Lächeln war aus ihrem Gesicht verschwunden.

»Mrs. Murphy, können Sie mir sagen, welcher Kurierdienst kurzfristig eine Lieferung abholen kann?«

Den Abend und die halbe Nacht verbrachte John an seinem Laptop, schrieb Emails und versuchte, seinen Rettungsplan wasserdicht zu machen. Mit der Unterstützung der Gemeinde und des Nationalparks sollte es möglich sein, die Ponys zu behalten und weiterhin die Nachkommen nach England zu schicken, vorausgesetzt, dass Deccy half. Es war der beste Projektplan seiner Karriere. Er musste funktionieren.

Während des Frühstücks gewöhnte John sich an den Umstand, dass Mrs. Murphy ihn betont kühl behandelte. Aber er war nicht darauf gefasst, dass sich alles verändert hatte. Niemand grüßte ihn mehr, die Nachbarn und Händler, die ihn wie einen guten Freund behandelt hatten, reagierten nicht einmal mehr mit einem Kopfnicken. Kein Lächeln. Nichts.

Er lief wie gebrandmarkt durch Letterfrack.

Seinen Projektplan hatte er morgens um fünf Uhr abgeschickt. Kurz nach Neun bekam er die Antwort. Es war Gordon Ramson persönlich, der ihn anrief.

»Sind Sie von allen guten Geistern verlassen, John? Wollen Sie mich lächerlich machen vor der gesamten Firma? Ich schicke Sie mit einer Aufgabe in dieses irische Nest, um Ihrer Karriere einen Schub zu geben, und Sie fallen mir in den Rücken? Was Sie geschickt haben, ist ein Witz!«

»Mr. Ramson«, erwiderte John so ruhig er konnte, »Sie haben mich unter falschen Voraussetzungen hergeschickt. Ich versuche nur, ein Projekt zu retten, das hier vielen Menschen sehr am Herzen liegt. Immerhin bin ich ja der Leiter des Projekts.«

»Einen Scheiß sind Sie, Palfrey. Sie verwalten es nur. Ich habe auch keine Lust, Ihnen jetzt alle Hintergründe zu erklären. Das ist auch nicht Ihre Baustelle. Erledigen Sie Ihren Job, verdammt nochmal. Und über die Konsequenzen reden wir, wenn Sie zurück sind.«

Dann sprach John schneller, als er denken konnte.

»Mr. Ramson? Ich nehme jetzt meinen Jahresurlaub.«

Am anderen Ende wurde es still. John sah vor seinem geistigen Auge, wie sein Chef hinter seinem wuchtigen

Schreibtisch saß und jemandem zunickte, der davor saß und das Gespräch schweigend verfolgte. Es war für John keine Überraschung, was Gordon als nächstes sagte:

»Sie sind raus aus dem Projekt, Palfrey. Hensleigh übernimmt. Nehmen Sie den nächsten Flieger.«

Es waren nicht die Ponys, um die es ihm ging. Denen war es egal, ob sie in Connemara oder in England auf einer Weide standen. Es war die Tatsache, dass man ihn und Deccy hintergangen hatte. Das war keine Trittstufe die Karriereleiter hinauf, das war der Test, wie weit er sich manipulieren ließe.

John schaltete das Smartphone aus. Die Sonne blendete, und sein unrasiertes Gesicht erwärmte sich. Es gab theoretisch zwei Möglichkeiten. Er konnte seine Sachen packen, die Hotelrechnung begleichen und zurück nach London fliegen. Sollte halt Michael Hensleigh die Suppe auslöffeln. Er würde sich bei Ramson entschuldigen, wieder in seinem Büro sitzen, und in spätestens zwei Wochen hätte er die Sache vergessen. Er stand auf dem Gehweg und betrachtete die farbigen Fassaden Letterfracks. Hinter einem offenen Fenster übte ein Mädchen auf seiner Fiddle, wie die irische Geige genannt wurde.

John erwog diese erste Möglichkeit nicht auch nur eine Sekunde ernsthaft. Für ihn kam nur die zweite infrage. Im Hotel bezahlte er seinen bisherigen Aufenthalt mit der firmeneigenen Kreditkarte und checkte sofort darauf auf eigene Kosten wieder ein.

Später, in Siobhans Küche, telefonierten sie mit der Verwaltung des Nationalparks Connemaras und fragten nach, ob die Ponys nicht auch ohne den finanziellen Zuschuss aus England bleiben könnten, mussten aber schnell einsehen, dass der Nationalpark nicht über Tiere entscheiden konnte, die ihm nicht gehörten. Auf dem Tisch hatte John die Projektakten ausgebreitet. Er suchte ein bestimmtes Dokument.

»Vielleicht können wir ihnen den Hengst und zwei Stuten abkaufen. Bekämen wir das nötige Geld zusammen?«

Der Wert der Ponys war ideell, denn diese Rasse war weder sportlich genug für Jugendreitturniere, noch groß genug, um Erwachsene zu tragen. Wer ein solches Pony kaufte oder züchtete, tat es aus Idealismus.

»Für eine Spendenaktion wird kaum Zeit bleiben.«

Siobhan stützte den Kopf in ihre Handflächen. Wie John hatte auch sie nicht viel Schlaf bekommen. Immer wieder versuchte sie, Deccy zu erreichen. Schließlich rief sie seinen Vater an. Sie legte das Smartphone auf den Stapel Papiere und schaltete den Lautsprecher ein.

»Rory«, rief sie, »Du bist auf Lautsprecher, und John sitzt neben mir. Ist Deccy bei Dir?«

»Er hat sich betrunken und schläft. Was gibt es?«

Sie erklärten Rory, zumindest einige der Ponys behalten zu wollen, und Siobhan bat ihn, Deccy davon zu erzählen. »Wir brauchen ihn«, sagte sie. »Sag ihm, wenn er sich nicht meldet, komme ich ihn holen.«

8

John kopierte sich die wichtigsten Dateien auf einen Datenstick, verpackte seinen Dienstlaptop in Blasenfolie und schickte ihn mit UPS nach London. Das gleiche tat er mit seinem Smartphone und kaufte sich ein einfaches Prepaid-Handy in Clifden. Er kam sich nackt vor.

»Wir sind doch früher auch ohne ausgekommen«, bemerkte Siobhan.

»Daran kann ich mich nicht mehr erinnern.«

Am nächsten Tag checkte Johns Kollege Michael Hensleigh im Village Inn ein. Michael hatte ihn bisher immer zuvorkommend und freundlich behandelt, aber vielleicht auch nur deshalb, weil er John nie als ernst zu nehmende Konkurrenz gesehen hatte. Sie begegneten sich kurz in der Lobby, und als Hensleigh seine Überraschung darüber zum Ausdruck brachte, John immer noch hier anzutreffen, sagte John nur:

»Ich mache Urlaub bei einer Freundin.«

Die erste Begegnung mit Deccy in der Station verlief zunächst frostig. Sie schüttelten sich zwar höflich die Hände, aber in ihren Blicken lag eine Art vorsichtig abwartender Distanz. Dann ließ der Ire seinen Blick an John herab und wieder hinauf wandern und sagte mit der Andeutung eines Lächelns:

»Ich hätte Dich fast für einen von uns gehalten.«

John Palfrey sah tatsächlich aus wie ein irischer

Bauer mit seiner Jeans, dem schlabberigen Pullover, dem Stoppelkinn und mit der gegen den Regen schützenden Baseballkappe.

»Ich fühle mich auch so«, sagte John mit einem ebenso angedeuteten Lächeln.

Es wäre zu viel gewesen, sich in die Arme zu fallen, aber sie entspannten sich. Sie packten Deccys private Sachen in Kartons und große Mülltüten, während dieser erklärte, dass es wohl doch nicht so schwierig sei, die Ponys aus dem Moor zu locken. Gewöhnlich fuhr er mit dem Quad hinaus und nahm einen Eimer Futter mit. Dann fütterte er sie vom langsam fahrenden Quad aus, und sie folgten ihm. Es reichte, wenn er den Hengst oder die alte Stute gewinnen konnte. Der Rest schloss sich einfach an.

»Ich will meinen Kollegen überreden, sie noch ein halbes Jahr hierzulassen«, erklärte John. »Die Stuten sind trächtig, und der Stress der Überfahrt wird ihnen nicht gut tun. In sechs Monaten sind die Fohlen selbständig und können auf die Reise gehen.«

Die Stimmung, die sich während der Arbeit merklich gelockert hatte, kippte, als zwei Männer auftauchten.

Michael Hensleigh hatte es doch tatsächlich geschafft, sich genau den richtigen Helfer für seinen Job zu suchen: Henry!

Siobhan hielt gerade einen dampfenden Teekessel in der Hand, als der Wagen anhielt und die beiden Männer ausstiegen. Am liebsten hätte sie Henry eine heiße Dusche verpasst. Aber John schob sie und Deccy in die Station. »Ich übernehme das«, sagte er so eindringlich, dass sie ihren Protest hinunter schluckten. »Ich weiß, wie Michael tickt.«

John war die Ruhe selbst. Er diskutierte und argumentierte, so als habe er sein Leben lang nichts anderes getan.

»Du kannst den Züchtern schlecht verkaufen, dass die Stuten mit Fohlen in den Transporter gehen und ohne wieder heraus kommen, oder?«

Michael Hensleigh dachte nach. Er hatte keinerlei Erfahrung mit Pferden. John glaubte schon, etwas Zeit herausgeschlagen zu haben, als Henry einwarf:

«Diese Rasse ist hart im Nehmen. Wenn die einmal in ihrer vertrauten Gruppe auf dem Transporter stehen, sind sie ruhig. Ich fahre nicht das erste Mal Pferde.«

Das war gelogen, aber John konnte schlecht das Gegenteil beweisen. Als er vorschlug, wenigstens den Hengst und die alten Stuten zu kaufen, machte Michael sofort eine wegwerfende Handbewegung.

»Sage ihm«, er nickte in Richtung Declan Callahan, »er soll sie bis zum Ende der Woche in die Station holen. Dann übernehmen wir schon den Rest.«

Damit war es besiegelt. Siobhan und Declan hatten das Gespräch der beiden Engländer mit angehört, und als sie mitbekamen, dass John wirklich alles versuchte und trotzdem scheiterte, hielten sie sich an den Händen, so als müssten sie sich festhalten. Dann nahm Deccy sie in den Arm und flüsterte:

»Es ist noch nicht vorbei.«

Seine Stimme klang so, als habe er noch ein Ass im Ärmel. Zurück auf Siobhans Farm berieten sie bis in die Nacht, was sie tun sollten. Deccy bestand darauf, die Ponys erst in einem halben Jahr abgeben zu wollen. Siobhan und John dagegen waren der Meinung, es sei bereits ein großer Erfolg, wenn sie drei von ihnen behalten durften. John war sogar bereit, den Kaufpreis vorzustrecken. Sie schrieben eine E-Mail an den Vorsitzenden des Zuchtverbandes und einigten sich darauf, weitere Überlegungen erst nach einer Antwort anzustellen. Sofern denn überhaupt eine kommen würde. Als Deccy fahren wollte, bot er John an, ihn bis zum Hotel mitzunehmen.

»Ich bleibe noch eine Weile«, erwiderte dieser und wechselte einen prüfenden Blick mit Siobhan, die ihren Kopf senkte und eine Strähne ihres Haares durch die Finger gleiten ließ. Eine wortlose Verständigung. Deccy nickte und ging.

9

Sie bekamen keine Antwort auf die E-Mail. Auch Siobhans Versuch, telefonisch zum Vorsitzenden des Zuchtverbandes durchgestellt zu werden, scheiterte. Dann rief sie Martha Murphy an und ließ sich mit Michael Hensleigh verbinden. Als dieser jedoch begriff, dass Siobhan lediglich die gleichen Wünsche wie tags zuvor John Palfrey vorbrachte, kanzelte er sie knapp ab.

»Kümmern Sie sich nicht um Dinge, die Sie nichts angehen. Wenn Callahan sich weigert, holen wir die Ponys heute noch aus dem Gelände, damit sie in den nächsten Tagen verladen werden können. Guten Tag, Miss Keating.«

Sie hatten Henry offenbar gut bezahlt, denn er legte sich ungewohnt fleißig ins Zeug. Die Ponys hatten sich der Weide genähert, waren über die Trampelpfade aus dem Moor gekommen und grasten ruhig in Sichtweite der Station. Henry brauchte nur das untere Tor öffnen und Futtereimer verteilen, um sie anzulocken.

»Die sind ja nicht mal richtig wild«, sagte Michael.

»Da werden wir leichtes Spiel haben, wenn der Transporter hier ist.«

Als sie allerdings versuchten, die älteren Ponys in den Stall zu treiben, belehrte dieser Versuch ihn eines Besseren. Selbst zu zweit schafften sie es nicht, einzelne Tiere aus der Herde zu lösen. Irgendwann gaben sie es auf, ließen die Tiere auf der Weide und verließen die

Station. John unternahm einen letzten Versuch, seinen Kollegen umzustimmen.

»Wenn Du Deinen Job ordentlich erledigt hättest, Palfrey, wäre ich nicht hier.«

Hensleigh vergrub seine Hände tief in den Hosentaschen, lehnte sich im Stehen demonstrativ etwas zurück und sah sich um.

»Mach die Augen auf, John! Das ist Niemandsland. Nur Sumpf und Moor und ein halbes Dutzend Häuser. Sollen sie ihren Torf abbauen und ihre Hütten damit heizen. Was geht uns das an? Was geht Dich das an? Alle im Büro wissen ja, dass Du ein wenig antriebsschwach bist, aber ich hätte nicht auch noch erwartet, dass Du so sentimental bist.«

Hensleigh sah ihn auffordernd an, wartete auf eine Erwiderung.

»Mach Du Dir Deinen Anzug nicht schmutzig«, sagte John und hätte sich gewünscht, Michael die Faust ins Gesicht zu schlagen. Das würde gut tun.

Vor der Station hatte Tomas, der Viehhändler, seinen Anhänger so abgestellt, dass dieser die Zufahrt blockierte. Damit er nicht weggezogen werden konnte, hatte er das Stützrad im Straßengraben versinken lassen. Jetzt war der Anhänger nur noch mit jenem Trecker aus dem Weg zu schaffen, mit dem Tomas ihn hergebracht hatte. Er zuckte nur mit den Schultern, als er Siobhan sah, wie sie ihm mit vor der Brust verschränkten Armen zusah und in sich hinein lachte.

»Wo ist Deccy?«, fragte er. »Er ist nicht aufgetaucht. Ans Telefon geht er auch nicht, dabei hatten wir uns verabredet. Das mit dem Anhänger war seine Idee, und er wollte dabei helfen.«

Siobhan drückte die Kurzwahl von Deccy auf ihrem Handy, aber auch jetzt meldete sich nur die Mailbox.

»Ich habe mit den Leuten gesprochen«, erklärte Tomas, »niemand wird denen einen Transporter zur Verfügung stellen.«

»Hensleigh ist ein Pisser", sagte Siobhan, »aber den kriegen wir noch klein.«

Sie umarmte Tomas. Dann stieg er auf seinen Traktor und ratterte davon.

Beim Frühstück war es John gelungen, Martha dazu zu bewegen, sich zu ihm zu setzen.

»Ich will nichts unversucht lassen, die Ponys für die Gegend zu behalten.«

Martha stellte die Teekanne ab und verschwand, ohne ein Wort zu erwidern. John war überzeugt, dass sie noch immer sauer auf ihn war. Aber dann kam sie plötzlich zurück, setzte sich wieder neben ihn und legte ein altes Foto auf den Tisch.

»Das bin ich mit meinen Schwestern«, erklärte sie. Das Foto zeigte drei Mädchen im Vorschulalter, die auf einem großen Kaltblut saßen, das vor einen Milchkarren gespannt war. Sie lachten in die Kamera. Ein Mann in armseliger Kleidung hielt das Pferd am Zügel und lachte ebenfalls.

»Damals gab es die Ponys in den Bergen schon nicht mehr, aber mein Dad hat oft von ihnen erzählt.«

Sie blieb noch eine ganze Weile bei ihm sitzen und erzählte von ihrer Kindheit in Letterfrack. Es waren die 50er Jahre, und das Leben in Connemara war härter als das heutige. Aber in ihren Worten klang eine Liebe an, die erfüllt war von Verbundenheit, von Solidarität, von Geborgenheit, von Wind, Sonne und Regen, von einfachen Freuden und von Urtümlichkeit. Aus ihr sprach das direkte, das unmittelbare Leben. Eines, das er in London nie kennengelernt hatte. Wieder wurde ihm schmerzlich bewusst, dass er in seinem Leben etwas versäumt hatte.

Den Herzschlag der Wirklichkeit.

Auf dem Weg zur Farm rief ihn Siobhan an.

»Er ist weg!«, schrie sie. Mehr brauchte sie nicht zu sagen, denn die Verzweiflung in ihrer Stimme reichte aus, um zu begreifen, was sie meinte.

»Bin in zehn Minuten bei Dir«, erwiderte John.

John trat wie besessen in die Pedalen, ließ die letzten Häuser am Rand des Dorfes hinter sich, radelte vorbei an halb verwitterten Strommasten und über alte Steinbrücken, bis er mit rasendem Herzen und außer Atem in den Schotterweg einbog, der zum Hof der Keatings führte. Ihr Volkswagen kam ihm entgegen, bremste scharf und brach zur Seite aus. Er bremste ebenfalls, sprang unbeholfen vom Rad und ließ es in den überwucherten Straßengraben fallen.

»Deccy ist verschwunden«, rief sie ihm entgegen. Ihre Hände griffen nach seiner Jacke, zogen ihn Richtung Wagen.

»Auch Barney ist weg, einschließlich Sattel und Trense! John, er hat Barney genommen und ist mit ihm weg. Er will in die Berge. Ganz sicher!«

Vor Johns innerem Auge erschien eine geisterhafte Szene, in der Deccy auf dem gescheckten Pferd durch das Moor reitet, einen Rucksack auf dem Rücken und, in Johns Vorstellung, auch noch mit einem Cowboyhut.

Siobhan schüttelte ihn und holte ihn so wieder in die Gegenwart zurück.

»Was will er denn da?«, fragte er sie.

»Los, zur Station«, sagte sie und drückte John in den Wagen.

Tomas' abgestellter Pferdehänger stoppte sie an der Zufahrtsstraße. Am Seitenstreifen standen bereits zwei andere Fahrzeuge. Siobhan parkte dahinter. Den Rest des Weges legten sie im Laufschritt zurück. In der Station empfing sie ein wütender Michael Hensleigh. Nicht nur Deccy, auch die Ponys waren verschwunden. Als Henry am frühen Morgen in der Station eingetroffen war, waren sie schon nicht mehr da.

»Ich weiß genau, wer dahintersteckt«, schrie Henry. »Aber glaubt ja nicht, dass uns das aufhalten wird.«

Siobhan musterte ihn kühl.

»Was ist denn los, Henry? Wir wollten nur ein paar Sachen aus der Scheune holen. Sind Euch die Ponys durch den Zaun gekrabbelt?«

Um den Schein zu wahren, nahmen sie sich zwei Heugabeln und traten den Rückzug an. Hensleigh nahm seinen willigen Helfer zur Seite und flüsterte ihm etwas zu. Er hatte John noch nicht einmal angesehen, sondern vorgegeben, die Gegend zu betrachten.

»Die beiden wissen, dass Deccy dahintersteckt, aber sie wissen nicht, wohin er mit den Ponys ist«, sagte Siobhan, als sie wieder beim Wagen waren.

»Wir aber auch nicht«, warf John ein.

Sie warfen die Heugabeln auf Tomas' Anhänger und stiegen ein. »Ich kenne die Plätze. Ich bin oft genug mit Deccy dort gewesen.«

Dann klingelte ihr Telefon. Das Display zeigte an, dass es Deccys Vater Rory war, der anrief. Siobhan nahm ab und hielt sich das Handy ans Ohr. Nach einigen Sekunden ließ sie ihren Arm wieder sinken und beendete mit einem Tastendruck die Verbindung. Sie drehte ihren Kopf in Johns Richtung, der sie auffordernd ansah.

»Rory vermisst sein Jagdgewehr.«

John lief es kalt den Rücken hinunter.

Siobhan startete den Wagen, und sie fuhren zurück zu ihrem Hof, wo Tomas bereits auf sie wartete. Rory hatte auch ihn verständigt.

»Wenn wir ihm folgen wollen, können wir nicht bei der Station starten. Wir nehmen den Reitweg, den wir für die Touristen angelegt haben«, schlug Siobhan vor.

»Ich werde mich nicht noch einmal auf ein Pferd

setzen«, bemerkte John, »nicht einmal auf ein sehr braves.« Lieber ging er zu Fuß ins Moor, wenn es sein musste.

»Bist Du darauf vorbereitet?«, fragte Siobhan.

»Worauf?«

»Vielleicht müssen wir in den Bergen übernachten.«

»Das geht schon in Ordnung.«

Was John mehr Sorgen machte, als nachts in den Bergen zu kampieren, war das Gewehr. Sie entschieden zu dritt, ganz früh am nächsten Morgen aufzubrechen.

»Ich habe gerade die irre Vorstellung, dass Deccy mit den Ponys bis nach Clifden pilgert und sie in einem der Gestüte versteckt.«

Die Vorstellung, die halbwilden Ponys neben den dortigen durchtrainierten Rennmaschinen stehen zu sehen, brachte sie zum Grinsen. Sie packten Ferngläser, einen Campingkocher, Taschenlampen, Schlafsäcke und viele andere nützliche Dinge zusammen. John verlor irgendwann die Übersicht und vertraute darauf, dass Siobhan mit ihrer Erfahrung an alles denken würde. Er kaufte sich ein Paar teure Wanderschuhe und eine der Jacken, in denen »niemand friert«, wie der Verkäufer behauptete.

Er selbst war auf die Idee gekommen, durch Rory das Gerücht verbreiten zu lassen, dass er und Siobhan nach Clifden fuhren, um mit einem Anwalt über rechtliche Möglichkeiten zu sprechen. So konnten sie in die Berge verschwinden, ohne Verdacht zu erregen. Immer wieder versuchten sie, Deccy auf seinem Handy zu erreichen, allerdings vergeblich. Zwischenzeitlich hatten sie die Entscheidung getroffen, mit den Quads in die Berge zu fahren. Nicht nur aus Rücksicht auf John, sondern vor allem, weil sie so mehr Gepäck mitnehmen konnten. Tomas hatte sich ein Quad von einem Freund geliehen, John und Siobhan nahmen das von Deccy. Es war wie ein Touristentrip in die Berge, zumindest am Anfang. John saß hinter Siobhan, hielt sie umklammert und genoss die rumpelige Fahrt durch den grauen Morgennebel. Zunächst hatte er sich zu vorsichtig angestellt und sich nur mit den Händen an ihren Hüften festgehalten, war Gefahr gelaufen, vom Quad zu fallen, bis sie angehalten hatte.

»Ich möchte Dich nicht verlieren«, rief sie nach hinten, nahm seine Hände und zog sie um ihren Körper herum. Tomas fuhr voraus, und sie folgten ihm über Reit- und Wanderwege durch das Moor. Der Wetterbericht hatte kühles und regnerisches Wetter vorhergesagt. An bestimmten Plätzen hielten sie und suchten nach Hufspuren. Bei jenen jedoch, die sie fanden, konnten sie nicht bestimmen, wie alt sie waren. Der Pfad in die Berge wurde bald sehr schmal, gerade noch breit genug für die Quads. Die ersten Kilometer legten sie durch hügelige Weiden zurück, vorbei an kleineren Baumgruppen, bis das Gelände irgendwann deutlich anstieg. Sie legten eine erste Pause ein.

»Jagen wir sie mit den Motorengeräuschen nicht von uns weg?«, fragte John. Ihm war kalt, trotz der teuren Jacke. Er rieb sich die steifen Hände.

»Sie kennen das Geräusch, aber Deccy werden wir aufschrecken.«

Es begann zu regnen, und sie fuhren weiter. John fischte kurz sein Handy aus der Jacke. Es zeigte nur noch einen Balken Empfang. Sobald sie die abgelegenen Täler erreichten, würde auch der letzte Balken verschwinden. Der anhaltende Regen machte die Wege rutschig, sie kamen nur noch langsam voran. Am Nachmittag hatten sie all jene Orte abgeklappert, an denen sie gehofft hatten, auf Deccy und die Ponys zu treffen. Wieder versuchte Siobhan ihn zu erreichen. Sie hockte neben dem Quad, das Smartphone am Ohr und wühlte mit der freien Hand in ihrem Rucksack.

»Ich gebe es auf«, seufzte sie.

Sie steckte das Telefon weg und zog sich eine Wollmütze über den Kopf, in die sie ihre Haare stopfte.

»Wo würdest Du mit den Ponys hingehen, wenn Du sie zu verstecken versuchst?«, fragte John und sah sich blinzelnd um.

»Sicher nicht auf den Hügeln, oder?«

»In den Tälern«, sagte Tomas.

»Mal sehen, wie weit wir mit den Quads kommen.«

Sie schlichen weiter durch die sanften Ebenen, die in den wabernden Regenschleiern fast mystisch wirkten.

Hier gab es weder Zäune noch Gebäude, nur uralte Steinwälle, überwuchert und zusammengesunken. Zeugnisse, dass selbst hier einmal Menschen gearbeitet hatten. Das Fortkommen mit den Quads endete in einem breiten, steinigen Flussbett. Tomas versuchte, an die andere Uferseite zu fahren, aber die Räder sanken sofort tief im Kies ein. Der Boden war zu weich. Sie mussten zu Fuß weiter marschieren, und John kam das durchaus entgegen, hoffte er doch, dass ihm durch die Bewegung wieder warm wurde. Sie nahmen die Rucksäcke und gingen los.

»Ich fühle mich wie ein Hobbit«, murmelte John.

Ihm wurde tatsächlich wieder wärmer, aber schon bald schmerzten Rücken und Beine. Er ließ es sich nicht anmerken und hätte es auf Nachfrage auch nicht zugegeben. Auch ein Hobbit aus der Stadt hatte seinen Stolz.

Dann hörten sie aus weiter Ferne das Geräusch eines Motors. Sie blieben stehen und sahen sich fragend an. Zunächst hörte es sich wie ein Kleinflugzeug an, aber dafür änderte sich die Richtung, aus der es zu hören war, zu langsam. Und es kam näher.

»Ein Motorrad?«, fragte John.

Siobhan nickte.

Neben dem Flussbett wuchsen zwar kleine Bäume und kniehohes, fettes Gras, dennoch gab es hier keine Deckung für sie. Die drei blieben eng beisammen, horchten und warteten.

Dann zeigte Tomas plötzlich den vor ihnen liegenden Hügel hinauf. Dort erschienen zwei Geländemotorräder. Die Fahrer trugen zwar Helme, aber Siobhan und Tomas waren sich sicher, dass einer der beiden Henry sein musste. Die Motorräder verschwanden über die Kuppe ohne anzuhalten.

»Sie haben uns nicht gesehen.«

Siobhan holte drei Sandwichs aus ihrem Rucksack und verteilte sie. Sie warf John einen prüfenden Blick zu und bemerkte, dass seine Hände zitterten.

»Nach dem Sandwich geht es wieder«, sagte er.

Als sie weitergingen, stemmte John sich seinen Rucksack auf den Rücken und atmete heftig aus. Seine Schultern verkrampften sich und sein Rücken schrie förmlich auf. Es wurde ein wenig besser, als er die Gurte um den Bauch befestigte und so das Gewicht besser verteilen konnte. Der Berg, den sie erklimmen wollten, sah plötzlich doppelt so hoch aus.

Sie kletterten durch Gestrüpp, wuchernden Farn und hatten kaum den Fuß des Berges erreicht, als Tomas warnend die Hand hob und stehen blieb.

»Oh nein«, flüsterte Siobhan.

John starrte in die Richtung, in die sie deutete, und dann sah er es auch. Hinter einem Busch stand eines der jungen Ponys und sah mit erhobenem Kopf zu ihnen herüber. Langsam und vorsichtig machte Siobhan einen Schritt auf das Pony zu. Sie flüsterte den anderen zu: »Es ist eines der Einjährigen. Vermutlich wurde es von der Gruppe getrennt.«

Sie wagten sich näher heran, es war tatsächlich eines der Fohlen vom letzten Jahr. Zu ihrer Verblüffung lief es nicht davon. Die kleine Stute versuchte es zwar, aber sie lief auf drei Beinen und kam in dem Boden nur langsam voran. Sie war von der Herde zurückgelassen worden, weil sie das Tempo nicht mehr mitgehen konnte. Das rechte Hinterbein sah schrecklich aus. Vom Sprunggelenk abwärts hing die Haut in Fetzen herab. Sie konnte das Bein nicht belasten und hinkte auf drei Beinen ein paar Schritte vorwärts, bis sie erneut mit gesenktem Kopf stehen blieb.

»Sie muss irgendwo hängengeblieben sein und hat sich dann in Panik losgerissen«, flüsterte Siobhan.

»Warum bleibt die Mutter nicht bei ihr?«

»Nicht, wenn die Herde in Panik war.«

Das Pony hob den Kopf und wieherte mit heller klarer Stimme. Irgendwo aus den Bergen, nicht weit weg, kam eine Antwort. Eine dunkles Wiehern, das sich noch einmal wiederholte und dann verstummte.

»Das war der Hengst«, sagte Siobhan.

Plötzlich waren auch die Motorräder wieder zu hören. Sie folgten den Geräuschen bergauf und ließen das verletzte Pony zurück. An der Hügelseite fanden sie einen undeutlichen Pfad, der geschlängelt nach oben führte und von den Ponys und anderen Wildtieren getreten worden war. Tomas ging voraus, legte ein gutes Tempo vor und fand den sicheren Weg nach oben. Der Pfad führte halb um den Hügel herum, und in dem Tal auf der anderen Seite entdeckten sie die Herde. Sie standen bei einer Gruppe Krüppelkiefern, die im Schutze der Berge gewachsen waren. Der Boden war morastig und von den Hufen bereits aufgewühlt. Der Hengst trieb die Stuten immer von sich, bis sie Leib an Leib zusammenstanden, dampfende und unruhige

Körper, die jederzeit wieder auseinanderjagen konnten.

John rieb sich die Brille trocken. Er zitterte und schwitzte gleichzeitig. Er erschrak, als er sah, weshalb die Ponys so in Aufregung waren. Die Männer auf den Motorrädern hatten sie vor sich hergetrieben.

Nun unternahmen sie wieder einen Versuch, die Ponys aus dem Tal herauszutreiben. Sie fuhren hupend und pfeifend auf die Tiere zu, versetzten sie erneut in Panik. Die aber wollten die Ebene nicht verlassen.

»Das sind nicht alle«, schrie Siobhan gegen den Wind an und rieb sich das Regenwasser aus dem Gesicht. »Ich kann auch Deccy nirgends sehen.«

Sie holte tief Luft und schrie zu John hinüber:

»Wir müssen da runter und sie aufhalten.«

Bevor John etwas erwidern konnte, rutschte sie den Hang hinunter und Tomas folgte ihr. John versuchte, ihn festzuhalten, aber Tomas deutete auf die Männer auf den Motorrädern.

»Sie werden sie zu Tode jagen«, rief er.

»Wir müssen da runter.«

John zögerte. Er war am Ende seiner körperlichen Kräfte. Wo war Deccy mit dem Rest der Herde? Er machte sich an den Abstieg, rutschte immer wieder aus und kam nur mühsam wieder hoch. Ihm war übel. Ob das Sandwich nicht in Ordnung gewesen war? Bei Mayonnaise war er immer etwas empfindlich. Aber er kämpfte sich weiter, bis er Tomas und Siobhan erreicht hatte. Er atmete schwer.

Der Regen wurde immer stärker, ein heftiger Wind

peitschte von den Bergen hinab, ließ die Ponys in den Schleiern verschwinden. Nur noch ihr Stampfen und Schnauben war zu hören. Tomas rannte an den Ponys vorbei auf die Motorräder zu, die Arme erhoben und wild winkend. Die aber ließen sich nicht von ihrem Vorhaben abbringen. Das gelang erst Deccy, der plötzlich auf dem Hügel über ihnen auftauchte, kaum sichtbar im Regen und auf sie schoss.

John hörte den Schuss und duckte sich erschrocken. Neben ihm schrie Siobhan entsetzt auf und zerrte ihn weiter die Senke hinunter.

»Wir müssen zu ihm«, rief sie, ungeduldig darüber, dass er nicht schnell genug nachkam.

»Ich muss mich setzen«, flüsterte er, »nur ein paar Minuten. Es geht mir nicht gut.«

Sie hörte ihn nicht, ließ seinen Arm los und kletterte weiter. Waren die Ponys durch den Schuss noch mehr in Aufruhr? Er konnte es nur erahnen, aber er hörte, dass eines der Motorräder nicht mehr lief, die Lautstärke hatte sich verändert. Vielleicht hatte Tomas Erfolg gehabt, vielleicht hatte Deccy aber auch den Mann von der Maschine geschossen. Das wäre ein Albtraum. Johns Beine gaben unter ihm nach, er setzte sich hin, ignorierte Schlamm und Wasser. Sein Kopf pochte. Er konzentrierte sich auf sein Atmen, um nicht ohnmächtig zu werden. Das Schnauben und Keuchen der Tiere war deutlich zu hören. Nach ein paar Minuten erhob er sich mühsam und sah sich nach

Siobhan und Tomas um. Halbblind mit beschlagener Brille, einem flatternden Kreislauf und unsicheren Schritten, geriet er in die Herde der Ponys, wurde von einer Stute angerempelt, verlor das Gleichgewicht und wäre gestürzt, hätten ihn nicht zwei Hände gepackt und zurück gerissen. Es war Tomas.

»Hier lang«, sagte er und zerrte John mit sich.

Die Motorräder hatten auf der anderen Seite des kleinen Tales angehalten, einer der Fahrer rief etwas zu ihnen hinüber, aber John verstand die Worte nicht. Er war erleichtert, als er Deccy und Siobhan auf sich zukommen sah, beide aufrecht und unverletzt. Deccy trug einen dunkelgrünen Regenumhang, der sich immer wieder im Wind aufblähte und wie eine Zeltplane knatterte.

»Am liebsten würde ich Dir eine reinhauen«, keuchte John und hielt sich an Deccys Schulter fest. Sein Gegenüber antwortete: »Bist Du in Ordnung, John? Du siehst nicht gut aus.«

John wollte antworten, aber von der anderen Seite winkte Tomas herüber, der bei den Motorradfahrern stand. Sie trugen noch immer ihre Helme. Entweder sollten sie sie vor dem Regen schützen, aber viel wahrscheinlicher war es, dass sie nicht erkannt werden wollten.

»Ich glaube, es ist an der Zeit, mit Verhandlungen zu beginnen«, sagte Deccy. »Verdammt, ich bin nass bis auf die Knochen.« Von der breiten Krempe seines Hutes, den er sich tief in die Stirn gezogen hatte, schwappte das Regenwasser nur so herunter, wenn er sich bewegte. Er hielt immer noch das Gewehr in seiner rechten Hand und setzte sich damit in Bewegung.

»Ihr bleibt hier«, sagte er. »Ich gehe rüber und mache den Jungs einen Vorschlag.«

John hatte das Gefühl, er müsse ihn zurückhalten, und Siobhan erging es nicht anders. Sie griff nach Deccys Arm.

»Hier passiert nichts mehr«, sagte er und blieb noch einen Moment stehen, als sie sagte: »Gib mir das Gewehr, bevor Du gehst.«

»Ich habe nur in die Luft geschossen.«

Sie sahen sich eine Zeit lang fest in die Augen, bis er ergeben nickte und Siobhan das Gewehr gab. Dann drehte er sich um, rutschte den Hügel herunter und ging auf die Herde zu, die zwischen ihm und den Motorrädern stand, noch immer nervös war, aber nicht mehr kopflos umher rannte. Er behielt die Tiere im Auge und machte eine Handbewegung, um den Männern auf den Motorrädern zu bedeuten, dass er zu ihnen kommen wolle. Es wurde später nicht mehr geklärt, ob sie diese Handbewegung nicht gesehen oder falsch verstanden hatten oder nicht verstehen wollten. Plötzlich ging alles ganz schnell.

Einer der Männer warf die Maschine an und raste mit aufheulendem Motor auf die Herde zu. Das versetzte die Tiere sofort wieder in Panik. Sie preschten vor dem Motorrad davon, genau auf Deccy zu. Der wusste sich in der einen Sekunde, die ihm noch blieb, nicht anders zu helfen, als heftig mit den Armen zu wedeln, so als ob er die auf ihn zurasenden Ponys auf einen anderen Kurs umlenken wollte. Bei einem Tier hätte das sicher funktioniert, nicht aber bei einer ganzen Herde. Die vorderen Tiere wurden von den Seiten eingekeilt, von hinten machte der Hengst Druck, es war, als rolle eine Lawine schwitzender, dampfender Leiber auf ihn zu, die nicht mehr abzulenken war. Die vorderste Stute überrannte ihn. Deccy schlug der Länge nach auf den Boden. Er hätte sich sofort wieder aufrappeln müssen, doch die Zeit blieb ihm nicht mehr. Gerade als er sich hoch drücken wollte, trafen ihn die Hufe der nachfolgenden Ponys. Dann preschte die ganze Herde über ihn hinweg.

Siobhan schrie entsetzt auf. Die Tiere drehten ab und galoppierten mit letzter Kraft ein Stück den Hügel hinauf und waren im Regen verschwunden.

So wie sie es erwartet hatten, war einer der Fahrer Henry. Geistesgegenwärtig fuhr er sofort bis zur nächsten Straße, die nach Letterfrack führte, weit genug, um wieder Empfang zu bekommen. Er rief die Garda und den Rettungsdienst. Dabei versuchte er, die genaue Stelle zu beschreiben und betonte immer wieder, dass ein Rettungshubschrauber erforderlich sei, wolle man Deccy dort bergen. Der andere Fahrer, der bei den dreien blieb, war Henrys Neffe, den er für diese Motorradmission angeheuert hatte.

Gemeinsam unternahmen sie alles, um Deccy zu

helfen. John und Siobhan blieben bei ihm, Henrys Neffe half ihnen, einen Regenschutz aufzubauen, unter dem sie ausharren konnten, bis Hilfe käme. Das leuchtend rote Zelt würde vom Hubschrauber aus gut zu erkennen sein.

Siobhan saß in dem schlammigen Boden neben Deccy und hielt seine Hand. Sie wagten es nicht, ihn zu bewegen. Nach dem Unfall war er noch einige Minuten bei Bewusstsein gewesen, hatte sich nicht bewegt, aber gestammelt, dass er wohl mit dem Kopf irgendwo aufgeschlagen sei.

»Habe ich Blut im Gesicht?«, fragte er.

»Ich sehe alles rot.«

Mit dem Ärmel ihres Pullovers wischte sie ihm sanft über das Gesicht, flüsterte ihm zu, dass mit ihm alles in Ordnung sei. Sie hatten ihre Jacken ausgezogen und sie über ihn gelegt, um ihn warm zu halten. Er blutete aus einer Platzwunde am Hinterkopf, aber was Siobhan wesentlich mehr Sorgen machte, war, dass er sich mit keinem Wort über sein gebrochenes Bein beklagte. Der Unterschenkel hatte einen absurden Winkel, der Fuß stand nach außen weg, aber das schien er nicht einmal zu bemerken. John hatte gesehen, wie die Ponys ihn von vorn überrannt hatten, wie er mit einem lauten Knall gegen Kopf und Brust eines der Tiere geknallt war und die nachfolgenden Ponys über ihn hinweg getrampelt waren. Sie hatten durchaus versucht, über ihn hinweg zu springen, um ihn nicht zu treffen. Trotzdem hatten ihn ihre Hufe in Bauch und Brust getroffen.

»Sie schicken einen Hubschrauber«, sprach Siobhan ihm Mut zu. Sie rieb sich die Tränen aus dem Gesicht, in der Hoffnung, er würde sie nicht bemerken, »es wird alles wieder gut, das verspreche ich.«

John rückte an ihre Seite, legte einen Arm um ihre Schulter. Sie harrten aus, hofften, dass Henry schnell genug Hilfe herbeiholen konnte.

»Er wird doch Hilfe holen, oder?«

»Natürlich«, flüsterte Siobhan, »in der Not halten wir Iren zusammen, das haben wir in den schlechten Zeiten gelernt.«

Sie warteten unter der Zeltplane, hörten, wie der Regen nachließ und dann ganz aufhörte. Um sie herum gurgelte das Wasser den Hang hinunter. Deccy reagierte nicht mehr auf Fragen. Siobhan war die ganze Zeit über davon überzeugt, dass es lediglich eine Gehirnerschütterung und ein gebrochenes Bein waren. Ein paar Wochen im Krankenhaus, und alles sei wieder gut. Sie warteten, hofften, rückten die Jacken über ihm zurecht. Als der Hubschrauber dann endlich zu hören war, waren fast zwei Stunden vergangen.

Zwei wertvolle Stunden.

10

John begleitete Siobhan nach Hause, wollte sie in der ersten Nacht nicht allein lassen. Rory Callahan hatte sie vom Krankenhaus abgeholt und nach Letterfrack zurückgefahren. Es tröstete sie ein wenig, dass Barney unverletzt auf dem Hof vor seiner Box stand und seelenruhig darauf wartete, dass ihm jemand den Sattel abnahm. Siobhan stürzte sich in die Stallarbeit, versorgte die Tiere, entschuldigte sich bei John, der ihr zur Hand ging und den sie immer wieder mit jenen Fragen löcherte, die er nicht beantworten konnte.

Die Ponys waren erst nach Wochen wieder an die Station herangekommen. Sie hatten sich von Tomas anlocken und füttern lassen. Zwei der trächtigen Stuten und der Hengst blieben jedoch verschwunden. Man vermutete, dass sie in den Bergen verunglückt oder im Moor gestorben waren. Nach dem Unglück in den Bergen wollte niemand mehr ein weiteres heraufbeschwören. Die Ponys wurden in der Station belassen, langsam an menschlichen Kontakt und Halfter gewöhnt und erst nach Monaten im Sommer nach England zurückgebracht.

In den Bergen, an jener Stelle, an der Deccy gestorben war, lag ein großer, weißer Gedenkstein.

Ohne Inschrift, aber immer mit Blumen geschmückt.

Das war Johns Idee gewesen.

»Wie konnte er mir das antun?«, fragte Siobhan.

John meinte, Deccy habe alles richtig gemacht. Er habe alles versucht, um die Ponys zu behalten.

»Es war ein Unfall.«

Er versuchte, sie zu trösten, obwohl sie kaum zu trösten war. Deccys Vater litt sehr unter dem Verlust seines Sohnes. Er stürzte sich zunächst in die Arbeit, nahm aber dann seinen gesamten Jahresurlaub auf einmal und sagte, er wolle Verwandte besuchen, die er seit Jahren nicht mehr gesehen hatte.

John hatte seinen Aufenthalt in Letterfrack immer wieder verlängert, aber nach zwei Wochen musste er zurück nach London.

»Was ist mit uns?«, fragte Siobhan. Sie fuhr ihn nach Dublin, und während der Autofahrt bestand ihre Konversation zum größten Teil aus betretenem Schweigen. John grübelte, hatte kaum einen Blick für die vorbeiziehende Landschaft. Er atmete erleichtert auf, als Siobhan fragte: »Kommst Du mich mal besuchen? Im Sommer? Ich habe immer ein Zimmer für Dich frei.«

»Wie wäre es denn mit dem nächsten Wochenende?« Sie grinsten sich breit an. Es war klar, dass sie während der Touristensaison den Hof nicht allein lassen konnte, aber John richtete sich bereits jetzt darauf ein, so oft es ging in ein Flugzeug zu steigen. Und ganz tief in seinem Inneren reifte schon der Plan, seine Londoner Wohnung zu verkaufen oder zu vermieten. Diesen Luxus benötigte er nicht mehr. Lieber zog er in eine kleine Wohnung am Rande der Stadt. Wenn Siobhan damit einverstanden war und sie mit einer Wochenendbeziehung leben konnte, sollten sie es hinkriegen. Sie waren verliebt, aber dennoch alt genug, um zu wissen, dass Verliebtsein nicht immer das Ausschlaggebende war. Manchmal zog das Leben einfach weiter und ließ das Verliebtsein zurück.

So fühlte es sich für John an, als er sich von Siobhan verabschiedete und in den Flieger nach London stieg. Er ließ Irland hinter sich. Er hatte dort einen Fremden kennengelernt und einen Freund sterben sehen. Als er in Letterfrack angekommen war, vor Ewigkeiten, hatte er in seinen Augen dort nichts zu suchen.

Gefunden hatte er eine wundervolle Frau.

Zwei Wochen, nachdem Michael Hensleigh nach Hause geflogen war, kam auch John nach London zurück. Montagmorgen stand er im Büro von Gordon Ramson. Er trug wieder seinen guten Anzug, war glatt rasiert und hatte einen frischen Haarschnitt.

Sie sprachen über ein neues Projekt und verloren nicht ein Wort über die Ponys von Letterfrack. Als John versuchte, das Thema anzuschneiden, wies Gordon ihn rüde zurecht. Wie in einer Predigt zählte er ihm seine Verfehlungen auf und riet ihm dringend davon ab, das Thema noch einmal anzusprechen.

John hörte nicht zu.

Er sah an Gordon vorbei und betrachtete durch die großen Scheiben die hohen Bürotürme Londons, deren Glasfassaden im Sonnenlicht golden schimmerten. Am

Himmel war keine Wolke zu sehen. Es ging kein Wind. Es regnete nicht. In den Straßenschluchten bahnten sich motorisierte Herden den Weg zu ihren Arbeitsplätzen.

Als er kurze Zeit später durch die langen Gänge auf sein Büro zusteuerte und eine Glastür nach der anderen passierte, betrachtete er seine in ihren Büros sitzenden Kollegen, wie sie telefonierten oder konzentriert auf ihre Monitore starrten. Jedes Zimmer war gleich eingerichtet. Die Männer trugen die gleichen Anzüge, die Frauen die gleichen Kostüme. Jedes Gesicht erschien im Schein der Monitore bleich. Der Teppich, auf dem er ging, knirschte nicht. Alles war still. Kein Bellen. Kein Rattern. Kein Zirpen.

Eine Stille, die ihm zu laut war.

Auf seinem Schreibtisch fand er das Paket mit seinem Laptop, das er aus Letterfrack zurückgeschickt hatte. Er packte es aus und legte den Computer auf die Tischplatte. Dann fuhr er sachte mit seinen Fingern über ihn, öffnete ihn aber nicht.

Stattdessen ging er zum Fenster seines Büros, das auf der anderen Seite des Gebäudes lag und schaute in den Park hinunter. Ein Obdachloser schlief noch auf einer der Bänke. Junge Männer in Anzügen, mit einem Becher Kaffee in der Hand, eilten an dem Schlafenden vorbei. Ein Bediensteter der Stadt pickte mit einer langen Greifgabel Zigarettenkippen und Verpackungen aus Plastik vom Boden und ließ sie in einem großen Müllsack verschwinden. Am Teich saßen ein paar Enten eng beisammen. Es waren die einzigen Tiere, die John im Park ausmachen konnte, sah man einmal von dem weißen Pudel ab, der kunstvoll frisiert und in einem kleinen rosa Strickpullover von einer dicken Frau mit toupiertem Haar an der Leine geführt und bei jedem Versuch, irgendwo zu schnuppern, mit eben dieser Leine zurückgezerrt wurde.

Auf einer der größeren Rasenflächen, die allesamt akkurat auf einer ganz bestimmten Grashalmlänge gehalten wurden, stand eine alte, knorrige Eiche. An ihrem Stamm lehnte Siobhan und winkte zu ihm hinauf. Sie hatte sich die Schuhe ausgezogen und stand barfuß im vom Morgentau feuchten Gras. Sie griff sich in den Nacken und löste ein Gummi, mit dem sie ihre Haare gebändigt hatte. Sofort wurden diese von einem leichten Wind erfasst und loderten kastanienrot um ihr schönes Gesicht. Sie setzte sich auf eine Steinmauer, die aus losen Steinen aufgeschichtet war, ließ die Beine baumeln und warf ihm lachend einen Handkuss zu.

John führte seine eigenen Finger langsam an den Mund, küsste sie und deutete seinerseits einen Handkuss an. Als der Obdachlose sich reckte und sich langsam erhob, waren Steinmauer und Siobhan verschwunden.

John drehte sich um, setzte sich an seinen Schreibtisch und klappte den Laptop auf. Er fuhr ihn hoch und startete die Textverarbeitung. In das Adressfeld seiner Briefvorlage tippte er Name und

Adresse der Firma, für die er arbeitete. Dann bewegte er den Cursor mit den Pfeiltasten auf den Anfang der Betreffzeile. Er begann mit einem großen »K«, schaute noch einmal zum Fenster, lächelte selbstzufrieden und beendete das Wort, das ihm in den Sinn gekommen war, mit den Buchstaben »ündigung«.

»Zurück in die Wirklichkeit«, sagte er leise.

Die auf dem Buchrücken zitierten Bücher-Blogs finden Sie hier:

http://binchensbuecher.blogspot.de/
http://magischemomentefuermich.blogspot.de/
http://kitty411buecherblog.wordpress.com/
https://kathrinsbooklove.wordpress.com/

Wenn Ihnen

„Der Herzschlag Connemaras: Kastanienrot"

gefallen hat, könnten auch die folgenden Empfehlungen interessant für Sie sein:

ANNIKA DICK
Lovely Skye
Ein Sommer in Balnodren
ROMANCE
MEIN KOPFKINO

Annika Dick

„Lovely Skye – Ein Sommer in Balnodren“

Innes Graeme ist die ständigen Absagen auf ihre Bewerbungen leid. Sie beschließt, ihrer Heimatstadt Edinburgh für drei Monate den Rücken zu kehren. Sie gönnt sich eine Auszeit bei ihrer Freundin Fenella, die in Balnodren, im Norden der Isle of Skye, eine Pension betreibt. Aber schon bei ihrer Ankunft in dem gottverlassenen Landstrich bereut sie ihren Entschluss. Balnodren erscheint ihr die Natur gewordene Trostlosigkeit zu sein. Erst der attraktive Tierarzt Jack MacBryde kann ihr Herz für die einzigartige Schönheit öffnen, die die sogenannte Nebelinsel zu bieten hat. Gerade als Innes beginnt, sich in Land, Leute und in Jack zu verlieben, rückt das Ende ihres Aufenthaltes immer näher.

ISBN: 978-3-9816987-3-2 Preis: 6,95 €

"Glänzt mit einer zauberhaften Kulisse. Wie ein Kurztrip in den Urlaub."
Buchtempel.net

"Lovely Skye hat mir gezeigt, wie wundervoll Kurzromane sein können."
Phinchens Fantasybooks

"Eine fantastische Novelle mit allem, was das Herz begehrt."
FantasyBooks Shadowtouch (Österreich)

"Ideal für Zwischendurch. Eine kleine buchige Praline!"
Chellushs Bookworld

"Zu diesem Kurzroman fällt mir nur eins ein: wow!"
Kittys Bücherblog

TANJA BERN
Distant Shore
1
Sterne der See
ROMANCE
MEIN KOPFKINO

Tanja Bern
„Distant Shore – Sterne der See“

Ben verliert seine Schwester Kristin an den Krebs. Vor ihrem Tod hatte sie für ihn einen Urlaub in ihrem geliebten Irland gebucht, weil sie ahnte, dass Ben dort zu sich selbst finden könne. Obwohl er keinen Bezug zu Irland hat, lässt er sich darauf ein und fährt nach Kerry. Dort begegnet er der Irin Hanna, zu der er sich sofort hingezogen fühlt. Aber sie verbirgt ein Geheimnis und hält Ben einerseits etwas auf Abstand, sucht aber andererseits auch seine Nähe. Ben verliebt sich in dieses wildromantische Land und verliert an Hanna sein Herz. Dann wird sie plötzlich vermisst, und Ben setzt alles daran sie zu finden.

ISBN: 978-3-9816987-4-9 Preis: 6,95 €

"Ich verfolgte das Geschehen mit Herzklopfen"
Bücherblog "BuchZeiten"

"Eine mitreißende Romanze. Sehnsucht mit jeder Zeile"
Bücherblog "Literaturdinge"

"Ich konnte es nicht mehr aus der Hand legen."
Melli's Bücherblog

"Es ist eines jener Bücher, die man genießt und an die man am nächsten Tag noch denkt"
Bücherblog "Fairy-book"

THOMAS DELLENBUSCH

Liebe ist kein Gefühl

ERZÄHLUNG

MEIN KOPFKINO

Thomas Dellenbusch
„Liebe ist kein Gefühl“

Nina will ihren 39. Geburtstag nicht feiern. Stattdessen lässt sie sich ohne Plan oder Ziel durch die Stadt treiben. Sie glaubt, dass da draußen etwas auf sie wartet. Ein Artikel in einer Zeitschrift, der die Liebe aus einem unerwarteten Blickwinkel heraus betrachtet, weckt ihre Neugierde. Das Titelbild zeigt den Verfasser, und sie erkennt etwas an ihm, das sie dazu verleitet, diesen Mann finden zu wollen. Es wird ein Trip, der sie weit weg führen wird. In den hohen Norden Irlands.

ISBN: 978-3-9816987-5-6 Preis: 6,95 €

"Diese Geschichte gibt uns den Glauben an die Liebe zurück."
Bücherblog "Magische Momente"

"Selten habe ich solche Zeilen gelesen. Ein wahrer Schatz!"
Ka-Sa's Buchfinder

"Werde ich so schnell nicht mehr vergessen."
Line's Bücherwelt

"Ein absolutes Must-Have!"
Das Lesesofa

"Mein Buch des Jahres"
Bücherblog "BooksinmyWorld"

Im KopfKino-Verlag sind bisher erschienen:

Thomas Dellenbusch

Der Matrjoschka Code

Das Testament

Der Nobelpreis

Der Weichensteller

Verstecktes Herz

Liebe ist kein Gefühl

Chase – Jagd auf die stumme Dichterin

Lilly M. Daniel

Auch die gute Hoffnung stirbt zuletzt

Pia Recht

Der Herzschlag Connemaras - Kastanienrot

Tanja Bern

Distant Shore – Sterne der See

Annika Dick

Lovely Skye – Ein Sommer in Balnodren

Alle Geschichten sind auch als
eBook oder Hörbuch erhältlich

Ausführliche Lese- und Hörproben finden Sie auf
MeinKopfKino.de

Pia Recht wurde 1966 in Düsseldorf geboren. Die gelernte Einzelhandelskauffrau arbeitet inzwischen als Projektassistentin einer internationalen Firma für klinische Forschung. Als Autorin konzentriert sie sich auf irische Geschichten, schreibt aber auch Liebesromane, Science-Fiction, Fantasy, Krimis, Tier- und Kindergeschichten. 2013 ist sie nach Mettmann aufs Land gezogen und lebt in einem kleinen Haus auf einem Reiterhof mit eigenem Pferd. Sie verbringt jeden Urlaub in Irland.

Pia Recht im KopfKino-Verlag:
"Der Herzschlag Connemaras: Kastanienrot"
"Der Herzschlag Connemaras: Deccys Vermächtnis" (2016)

Sonstige Veröffentlichungen:

Maeves Grab, 3 Sorley O Cearnaigh Romane, 2014
Leben im Angesicht des Todes, Anthologie 2013
Der Sattelbote, Anthologie Exlibris Verlag 2012
Wintermärchen, Anthologie Sperling-Verlag 2012
Silvermoon, Anthologie Bächthold Verlag 2012
Silvermoon, Wolf der Taiga, Anthologie 2010

www.ingramcontent.com/pod-product-compliance
Lightning Source LLC
LaVergne TN
LVHW091010080826
845145LV00003B/1206

* 9 7 8 3 9 8 1 6 9 8 7 1 8 *